Corysa LOMÉ

FILLE DU VOYAGE

A LEUR MANIÈRE

Roman

LES ÉDITIONS LA BRUYÈRE
128, rue de Belleville
75020 PARIS

ISBN : 2-84014-811-0
Dépôt légal : 3ème trimestre 2001

A Valentine

MARINA

Marina, je reprends le fil de l'histoire. Marine, Marina, Marina di Vezza, Marina la manouche, Marina la gitane. Elle fumerait le cigare que cela ne m'étonnerait pas, comme Annie aime les sucettes à l'anis. Une habituée des caves à cigares en somme. Que n'ai-je éteint d'office la loupiote du rétro au-dessus de nos têtes, lorsqu'elle s'est mise dans l'idée de l'allumer une fois le moteur arrêté. Ou au moins le lui suggérer, le lui proposer clairement même, l'implorer. Et dans l'obscurité une fois rétablie, même au prix fort, lui laisser toute initiative, toute latitude, pour me caresser, me toucher, me prendre la main que sais-je, sur ma demande expresse, à moins qu'elle n'y soit venue d'elle-même, mais il ne faut pas rêver !

- Je ne vais pas te tuer quand même ! m'avait-elle dit voyant que je bloquais, restant perplexe sur le bon choix en pareil cas, ou simplement par trouille. Avais-je seulement la trouille ? Une grande perplexité, ça oui ! Mais la trouille ? Pour elle ce devait être la trouille. Elle avait tout dit pour ça. Tout fait. Et je suis gitane par là, et tu sais ce que cela veut dire ; et mon frère ceci, on te retrouvera toujours. M'enfoncer dans la nuit noire, sur un sentier qui disparaissait dans les champs et les bois, puis un second sentier de traverse, dans plus d'obscurité encore et plus d'opacité, j'avais marqué un temps d'hésitation : est-ce bien là ? Est-ce bien ça ? Ce qui me valut le laïus sur le meurtre : je ne veux pas en prendre seize ans pour t'avoir tué !

Je ne saurais jamais si c'était tout petit, ce à quoi elle m'avait d'office associé, médiocre, de la petite histoire. C'était du ramasse-moi ça à la petite semaine, de la collecte direct poubelle, l'ivresse de la course aux encombrants. Mais la peur avait bêtement tout transfiguré. Oui : la peur, la vraie cette fois, la peur du délit, du grand délit, sérieux. J'étais comme tétanisé, suspendu, prudent à l'excès. Si seulement j'avais pu me dire un instant que c'était une petite pauvre, quelqu'un de la zone, une môme de banlieue, et qu'elle se retrouvait là, entre mes mains, à ma merci en fait, et que c'est de moi qu'elle avait tout à craindre !

C'est que je n'étais pas tombé sur la plus sexy. Quoique pourtant. Elle était certes moulée dans une sorte de corsaire couleur chaude ocre et vermillon. Peut-être même avec des paillettes cousues dessus. Je ne l'avais pas vue évoluer. Juste dans la voiture près de moi, et plus tard grimpant sur les grilles comme un chat : mais alors, je n'avais déjà plus le cœur à ça. Dans le rétro, quand je l'ai prise à la sortie de Saint-Tropez, c'était une silhouette comme une autre, qui s'acheminait à petits pas précipités. Elle venait de quitter une voiture qui s'était arrêtée derrière moi, moi-même comme de bien entendu, n'ayant pas eu le temps ni le réflexe de piler net, mon attention et mon humeur, à quatre heures du matin, quatre sous et demi, n'étant pas dans le froid de la nuit sans lune, au plus top du barreau fixe, à remuer par anticipation les sorts, les probabilités de l'auto-stop par une jeune fille seule sortant de boîte.

Il aurait fallu que je la voie un instant de dos, j'allais dire par ou de derrière, pour que j'apprécie toute sa séduction, que je l'enjoigne à faire pour mon seul plaisir un petit tour de piste, comme une envolée en toupie, ou un entrechat de ballerine, petit doigt dans petit zéro pointé au-dessus de nos têtes, que je sache exactement si ses miches étaient baratte, balançant ou à flot, bref si selon mes propres repères, elle bénéficiait de fesses poignantes comme je les aime. Ah si seulement, j'avais tout simplement pensé à ça : au petit doigt. Je l'aurais invitée dans le noir de l'habitacle, en lui facilitant bien sûr la tâche, à jouer, à titiller mon petit doigt. Elle aurait plongé.

- Tu n'aurais pas dix francs à me prêter. Pour demain matin, me payer un café...

En être à ce niveau. Cela tournait au sordide. Au n'importe quoi. Et démystifiait la grande peur du grand délit. Cela tournait à la manche, au raclage d'assiette, au pipi de soutane, aux collectes de la croix rouge, côté bénéficiaire, disons destinataire. D'ailleurs en reprenant le chemin du retour, j'étais repassé à l'endroit où elle m'avait dit d'un ton péremptoire d'attendre dans la voiture, et enjambé la grille d'entrée ; la maison de la croix rouge combinant un local où le rideau de fer était rabattu et un petit parterre de devant tout encombré de véhicules (camionnette, voiture) à l'état autant dire d'épaves, était visiblement abandonnée et désaffectée. On était loin de la petite entreprise que je m'étais imaginé plausible dans la nuit aveugle.

- Désolé, mais j'ai pas un liard, je suis complètement fauché.

Un peu gros chez un vacancier qui prenait une fille en stop, et qui se baladait avec un portable relié à l'allume-cigares pardon ! et qui venait tout juste de dire qu'il préférait qu'elle donne son numéro de téléphone à elle, plutôt que lui le sien, s'ils devaient se revoir. Mensonge remoulé. La réponse du berger à la bergère en faite. Aux piètres mensonges de la lolita, les miens crus. Et elle n'a pas commenté. D'ailleurs nous avions passé notre temps à ne pas commenter. Prendre pour de l'argent comptant : voilà à quoi nous nous étions amusés de toute la demi-heure qui nous séparait de Saint-Tropez à Cogolin.

Cet échange bien frustre et étrange avait peut-être fait notre richesse. Si nous avions douté, et sombré dans le négoce et nous n'étions pas maintenus au contraire fermes sur nos largesses, nous courrions à la catastrophe. Moi le premier : controversée, la petite caractérielle aurait réellement menacé car outragée, et sans doute aurait bâti, même naïvement, de toutes pièces, un engrenage, ou des engrenages. Tandis que là, nous pouvions nous séparer simplement, avec un échange de bises sèches sur les joues.

Et dire que j'aurais pu la prendre aussi, et lui coller la sucette à l'anus, lui en mettre plein le fion !

Un flash, je viens d'avoir un flash : un flash, comme disent les psy, ou les cas psy, quand ils séparent quasiment en droit une pathologie évolutive galopante bien physique, d'un délire adjuvant parallèle. Dès qu'on pense, on bute sur la moindre tournure de substitution. Nous nous étions si bien retournés dans le noir.

A Ibiza, sorti des clubs, on ne peut aborder une plage, sans partir à swinguer, avec bonheur, en toute simplicité. Dans les paillotes des plages de Pampelone aussi. Et je ne pourrais même pas dire, moi, si ma belle petite tropézienne de fortune, en swinguant, m'ouvrait, et il faut dire comment, tel un large bec de pélican, ses alléchantes aisselles, comme les demoiselles de petite coiffure du salon Louis David. Elle n'était peut-être pas assez chèrement acquise. Chèrement en termes d'argent, ou au plus haut prix en terme de prévenances et d'attentions. Notre aventure méritait sans doute n'être qu'expéditive vu que la difficulté n'avait pas été bien grande. Et même une fois le grand délit effleuré, et dépassé, l'histoire est médiocre, et commune, presque anodine, pas en tout cas à conserver pour les petits enfants de notables grands pères, fussent-ils farouches défenseurs du transformisme comme celui d'Aldous.

Si, plutôt que de n'avoir eu en continu l'usage que de l'éclairage intérieur, elle avait été disposée par la suite à l'éteindre, dans le mouvement qu'elle eût fait, et compte tenu que je m'y serais préparé, j'aurais pu intercepter le chaleureux refoulement de ses bras alléchés. Moi aussi, j'aurais abondé et renchéri sur mes ailes déployées, et souri aux anges, simulant une prude assomption, et me tendant à bloc, lascif et allégé, tout à la violence qui ravageait mes reins, je l'aurais allumée et foudroyé l'espace interactif dans la foulée.

Elle avait jalonné d'entrée de jeu notre chemin d'interdits en un véritable balisage routier. Les transgresser eût équivalu à ma condamnation : une lame peut-être dans son sac à main, une bombe lacrymogène, un flingue que sais-je ! Même physiquement, je n'étais pas sûr de ma force. On n'en était pas encore à me dire que j'avais vieilli ; on ne savait pas tellement : les cheveux gris, le dos voûté. Pas d'autodestruction totalement démentie. Il fallait en revanche comprendre : j'avais mûri, j'étais devenu plus dur, plus viril, peut-être la révolution culinaire que j'avais entreprise ? Quoique là, j'étais encore dans les eaux marécageuses de la mollesse, de la culotte de cheval à fleur de peau d'orange, à me faire de l'eau là où il ne faut pas, quand la moindre vergeture apparaissait dans la couche graisseuse sur simple invitation déclinée, une représentation mal vécue, sur mauvaise position du corps, pole position y compris, la bien peu assumée.

Il fallait y mettre un bémol : les sièges de la voiture étaient bien peu confortables. Un rien dépassant qui vînt meurtrir à coup sûr : une boucle de ceinture de facture africaine, un stérilet, le coin d'un porte-feuille renforcé. Elle était lourde finalement. Tout était bon : je n'osais y croire : même elle, une adulte. Une vision ensoleillée me court-circuita la rétine : le torse, tel le buste de la fille aînée d'Houdon, de petites nageuses, bras levés, offertes, le dos au rebord de la piscine, avec dans leur prestation lente comme le jour, et leur regard fixe, l'appel amorti de leurs chaudes aisselles marinant dans un jeu de cicatrices tout en ombres plissées.

Dans l'obscurité, j'aurais pu ôter mon tee-shirt. Que dis-je mon tee-shirt ? Ma chemise jean, oui, et qui même était venue doubler la chemisette blanche en dessous, un peu crade, et qui faisait office de chemise de nuit. Le torse nu m'eût convenu, d'autant plus qu'il faisait une chaleur à crever, celle du chauffage de la voiture, que j'avais mis à toute berzingue, et qu'elle avait appréciée. Aussi longtemps qu'elle ne voyait rien venir, elle n'avait rien à dire. Le pacte n'avait pas été rompu. Seule la lumière avait été mise en question. Et ma thèse de la supprimer avait prévalu.

Pourtant, l'avantage avait été dans son camp. Elle eût pu rompre le pacte, qu'elle avait unilatéralement imposé. Seulement, prérogative de femme, elle pouvait écorner le contrat, tout en lui conservant tous ses effets pour ce qui me concernait : je ne pouvais pas me permettre un écart. Ainsi, tandis qu'elle se penchait, je sentis nettement la rondeur de son sein, sa fermeté sous les mailles du tissus. Mais je fis comme s'il se fût agi d'une erreur, d'une maladresse, ou d'un geste complètement anodin, inoffensif, sans intention de nuire. Je ne me voyais pas lui donner en retour du laisse-toi faire que je te pelote, maintenant que tu m'as excité.

Et puis, c'était sur la route, sur la route de Cogolin, après qu'elle eût mis les points sur les " i " et que j'eus le plus naturellement du monde adopté le préambule et ses principes ! Et bien avant qu'elle s'employa à aller vider sa planque en m'utilisant tout bonnement comme convoyeur.

Elle avait bien choisi son moment pour me demander dix francs dans la lumière crue de la loupiote. Un vrai projecteur sur une scène de cons. Une vraie mise à la torture pour quelqu'un dont la vue fatigue, que la fatigue accumulée rend vulnérable. Comme s'il se fut agi d'un interrogatoire, ou de l'inquisition. Jeanne se retournant contre l'évêque cochon. Ses gigots de bidoche, c'était pas du bidon en tout cas ! Dans son corsaire qui la dénudait plus haut que les chevilles. Des souliers qu'elle traînait comme des savates et qui lui alourdissaient le cul j'en suis sûr ! Un bustier moulant qui devait lui épargner le nombril, le dégageant, et le développant en puissance ; des cheveux ramenés en chignon je ne sais plus. Elle n'avait pas d'odeur. Elle sentait le propre, le rien, la vertu. L'eau de javel de la piscine. Je suis passé à côté d'une petite souillon qui n'en était pas une. L'objet de délit, lui, avait quelque chose de minable. Me demander dix balles aussi tenait du n'importe quoi. Mais elle, elle était tout à fait elle-même, ne donnant prise à aucun défaut de considération. Ne faisant l'objet d'aucune atteinte à la pudeur. Une adulte qui mentait comme un arracheur de dent.

- Tu comprends qu'on puisse quitter son mec, ou sa nana ?

- Oh grand Dieu oui !

Ça c'était écrit, plutôt baratiné dans le préambule de l'histoire, tandis que l'on s'acheminait à vitesse réduite vers le croisement de Cavalaire et de la Foux. Que n'avais-je fait claquer les fermetures automatiques, et que ne m'étais-je engagé entre Port-Cassin et Grimaud dans les sentes traversières que j'affectionnais tant sous les brutales tocades du soleil de Provence ! un peu comme sur les berges, les chemins de halage de l'Yonne, entre Auxerre et Sens, ou Sens et Fontainebleau.

- Comme tu me vois je picole depuis hier matin. J'ai quitté mon mec. Là, je vais chez ma mère, je ne retourne pas chez moi.

- Et tu sors du Papagayo c'est ça !

- C'est ça.

Elle aurait pu me sortir le nom d'une boîte. A croire qu'elle n'en connaissait pas, qu'elle n'avait jamais été en boîte. Mais alors que faisait-elle sur la route à cette heure.

- Tu n'as pas attendu six heures du matin ?

C'était moi qui devait lui sortir des noms de boîte : le Manhattan, devant lequel nous venions de passer ; le Palais, qui avait éclipsé le Blouch, apparemment, sur les plages de Pampelone, route des Tamaris.

- Tu te rends compte du froid de canard !

Elle me fit sentir sur la joue, très puérilement, sa main glacée. Et je veux ! Je m'étais moi-même littéralement décapsulé du recoin de plage où j'avais passé la nuit dans la bagnole, pour engager un tour de piste, histoire de faire fonctionner le chauffage. Rien que cela : sûr que la frénésie de la drague ne m'était pas passer via la raie avec effet immédiat de faire battre à la semelle près un cœur viril et à chier, et me maintenir éveillé. M'arrêter avait équivalu un peu à être comme sous un choc. Un réflexe. Une ardente obligation immémoriale de jouer à l'amour. Mais de là à la sauter, et d'en avoir les moyens...

- Qu'est-ce qui t'empêche de le larguer ?

- Ça ne se voit pas, mais j'ai un gosse !

- Il a quel âge ?

Elle eut un passage à vide :

- Sept mois...

Maintenant que nous étions dans l'obscurité, devant une grille, ouvrant sur un trou noir, qu'elle me signala comme le camp des manouches, j'eusse tant aimer sentir sa main réchauffée. Peut-être retombée. Ingénument. Je lui aurais prise, et portée à mes lèvres. Cherché le fil de ses douces cicatrices : la vie, l'amour, la tête, la chance. Et ce n'était pas le meilleur des préliminaires. Car je n'avais pas moins de deux chemises à déboutonner avant qu'elle ne se rendisse mieux compte de mes deux petits soyeux lolos de nymphette. Et ses doigts chacun l'un après l'autre, je les avais passés à l'huile de vidange, sautant de l'un à l'autre, comme autant de chatons qui nagent.

Pour qu'elle pût bénéficier de l'équivalent de cette sensation, il eût fallu, même une fois la lumière réapparue, qu'elle glissât sur son arrière-train, au-delà du rebord du siège, enfonçant tête et épaules dans le mou du long dossier, et tout en enchaînant le mouvement, extirper ensemble ses cuisses pain d'épice des corsaire et slip enroulés étroitement en galette fourrée, tournant vers moi un vrai visage de vicelarde, m'enjoindre à lui passer la main dans la chatte, pour entreprendre une houla avec ma cavalerie légère.

A ce stade, elle aurait pu être passive, docile, servile. Le ventre soulevé par une respiration marquée, mais régulière. L'estomac pas encore creusé sous les côtes flottantes. Le nombril encore vif et vigilant. Visiblement ce n'était pas du boudin. Elle ne regardait pas par dessus mon épaule la télé. Elle sentait cette peau qui piquait, et une langue anormalement grosse, chuintante, qui la bouchait presque jusqu'au fond de la gorge, à en attraper c'était sûr dès demain une angine carabinée. Ça bougeait, et quand ça se retirait, sa bouche mécaniquement en reprenait en la pompant. Se retenant, elle avalait des coulées entières de salive.

Même en pleine lumière, je n'avais pas vu venir le baiser. Je n'avais fait que tendre ma joue, m'apprêtant à avancer l'autre.

- Bon...Eh bien au revoir. Je vais te laisser.

J'imaginais être exposé. Peut-être tomber comme Monsieur Bean dans son cône de lumière. Je ne saurais jamais quels petits malins nous épiaient.

Elle attendait comme s'il devait se passer quelque chose dans notre raie sans bavures. Des doigts. Une langue. Même en tout juste négligée de l'avant-veille, je suis sûr qu'elle était bonne de partout. Nul n'est irremplaçable, même les rouleaux lotus.

Elle tenait à son quart d'heure américain. Dans la lumière, je devais me dévoiler. Il n'était pas possible qu'un mec en restât là : j'allais craquer. Même un minimum : c'était une question de temps. Ne fût-ce que ce pantalon que je n'arrêtais pas de remonter. Ce n'était pas un geste viril, de sous-pesage de couilles avant l'entrée dans les box. De Madonna à Tony Braxton en passant par Billie piper, les nanas progressent. A quand l'accès aux urinoirs et au droit, en dehors des douches, de pisser debout et jouer du piano entre les petites barbichettes ? Non : il manquait simplement un bouton de culotte, et quand je portais les sacs poubelles, j'avais du me remonter trois ou quatre fois.

Mais là elle allait me voir, c'est sûr, faire glisser ce qui se devinait mal de prime abord, et me laisser tenter par la canaille. Avec tout ce remue-ménage. J'allais vite en faire le tour. Au grand jour, comme ça, c'est elle qui allait craquer. Pour me cacher de sa vue, elle va préférer plonger, et la prendre les yeux fermés, plutôt que de la voir se dresser, et s'immoler comme une lame de fond. Même tout petit, recroquevillé, et mou, elle préfère la travailler sous cape. A elle tout le mérite, et le droit d'organiser elle-même les lieux et son temps.

" Tiens, viens ici, suce-moi ", aurais-je du lui dire, en lui empoignant la nuque. Qu'irait-elle chercher au fond de son sac à main ? Déjà, devant la planque tout à l'heure, elle l'avait laissé en otage, son sac. J'aurais pu par curiosité, en expertiser le contenu, ou même claquer la porte et partir en trombe avec lui. Ou lui jeter au nez, et me sauver. D'où tenait-elle cette grande confiance en moi. Etait-elle sûr à ce point de son jugement sur les hommes, sur leur docilité :

- Tu es gentil ! n'a-t-elle pas pu se retenir de dire.

Plusieurs fois, elle a du le dire. Tandis que nous progressions dans les étapes du scénario. Et qu'elle constatait que j'obtempérais sans broncher à ses décisions, souscrivant à ses façons. Etait-il vraisemblable que c'était le contrat ? Non : il est gentil...

Cela bouleversait ses plans, car je devais réagir en vrai mec à son charme, ou au charme d'une telle situation, à l'excitation obligée dans de telles circonstances : complexité de l'itinéraire, embarquement dans un isolement renforcé, amélioration progressive et sournoise de l'obscurité. Surtout qu'elle avait conservé sur la banquette arrière, les quatre sacs poubelles gorgées de cochonneries. J'étais en plein dedans, dans le larcin. J'étais mouillé, quoique je fasse. Si j'avais vu l'état de délabrement et de désaffection de ce que je croyais être un petit atelier de confection, je me serais bien évidemment moins fait l'article, pusillanime sans véritables arguments et à mes dépens, sur le risque encouru. Quels délices ne se seraient alors donc pas présentés à moi !

Ainsi, j'étais plombé. Oh, de sacs de plumes d'oie à peu de choses près, mais plombé tout de même. Il eût suffi d'un simple appel de sa part, pour que surgissent des taillis, de convulsifs et décharnés gaillards qui n'auraient point pris en considération le charme vacillant de ma juvénile poitrine. Ou le sens caché de mes jambes croisées. D'ailleurs ils se confondaient avec l'épaisse obscurité qui poissait de partout : au pare-brise, aux vitres, à la lunette arrière. Ils étaient le noir suintant juste derrière la lumière crue qui me prenait à la gorge. Nous-mêmes, nous étions collés dans cette lumière. Comme deux papillons sur un tue-mouches. A nous dire des banalités. Mieux : en les jardinant assidûment, et en ne sachant pas en sortir une.

Elle ne pouvait pas me demander une cigarette, elle en avait. Déjà elle avait fumé, et cherché le cendrier. C'était de justesse que je l'avais localisé. Je m'excusais de ne pouvoir même pas identifier le contenu qui s'y trouvait. Sans doute rien. Tout au moins pas grand chose. Quant à elle, elle évitait soigneusement d'effleurer la main qui empoignait la poire du changement de vitesse. J'étais à des lustres de penser à mal. Elle la contournait, pour aller déposer je ne sais où les quelques miettes de cendre. Je percevais mal le manège. Ce n'est que plus tard que je le reconstituais. C'est en cherchant d'autre point de chute, tout au moins d'impact, de mon côté, qu'elle me frôla de son sein de déesse.

- C'est chez toi ; tu as des chats ?

Le seul objet humain que les phares impuissants dessinaient, c'était une porte d'entrée banale, une sorte de grille d'enclos quelconque, aux deux parties disjointes et bancales, à moins qu'elle ne fût entr'ouverte. Sur le côté pourtant, à hauteur d'un muret mal précisé, deux chats étaient postés, attirés par le retour du maître. Au-delà : le trou noir. C'est là qu'elle me dit " éteins ", et qu'elle alluma l'intérieur.

Elle n'avait pas compris mon histoire de chats. Ma voix était en effet blanche, et je parvenais mal à lui dissimuler que je me forçais à masquer mon involontaire tremblement des lèvres et du menton. Et mes yeux se faisaient tout petits, fuyants. Eteindre pour ne pas trop attirer l'attention. Eteindre pour ne pas réveiller. La porte d'entrée pas refermée ne me disait rien qui vaille. On avait été aussi noctambule qu'elle, et en prévision de son éminent retour. Tout ce que je pouvais en dire ne devait sans doute pas être audible. " Les chats. Tu as des chats ". Ça a l'air d'être coquet cette propriété. Tu en as beaucoup comme cela. De propriétés. Qu'allais-je chercher là ?

Je songeais prendre congé sans tarder, précipiter nos adieux. J'avais été réglo. Elle fit les deux bises que je réclamais.

- Attends un peu : aide-moi à porter les sacs.

J'imaginais très bien qu'elle aurait pu reprendre le même scénario. Avec très peu de modifications. J'étais toujours aussi gentil. Tout à l'heure, je devais rester sur place. Elle en avait pour une minute. Elle venait de me dire qu'elle devait passer avant, prendre quelque chose. Elle me posait bien sûr la question de savoir si ça ne me dérangeait pas. Reste, reste, ne te sauve pas ! C'est quoi ton prénom ? Marina. Tiens je connais un camping pas loin : holliday marina, quelque chose comme ça, et Marina me fait penser à Marine, que j'ai entendu appeler : une petite fille. C'est de quelle origine : andalouse.

Marina, Marina, maintenant que tu es replongée dans l'obscurité parce que c'est mon bon plaisir. Je suis chez moi. J'ai fait claquer les serrures. Les loquets ont répondu à mon ordre. Et je sens ton cœur battre cette fois à tout rompre. Ne va pas trop loin quand même, ne va pas t'éclater un anévrisme. T'ouvrir une artère. Te fendre de quelques liards. Ne pense plus à tes dix balles, ni à ton café, ni à demain, ni à rien du tout. Laisse-moi te palper tes melons, ma petite grosse.

Il vaut mieux que tu desserres les jambes et que tu écartes les cuisses. Je ne te dis que cela.

Non, je ne pouvais pas entendre son cœur battre à ce point. Elle avait tout abandonné au fond du siège. Tout ce qui la faisait elle-même. Je souriais de bonheur de la voir si docile, si à ma portée.

Son sac à main, genre fourre-tout, elle l'avait laissé bâillant sur le siège. En simili, ou synthétique, peut-être en mohair, ou en polyamide de chez Rhodia. Couleur bouchon de champagne, mastic, ou siamois " chocolat point ". Sa porte était restée ouverte, repoussée. Je m'appliquais à ne pas considérer ce qu'elle faisait. Prendre quelque chose en passant, qu'on avait laissé à son attention. Et ça se trouvait derrière la porte de fer d'une bâtisse délabrée. Elle essayait de faire glisser de derrière et le long de la porte à claire-voie, un sac de plastique noir. Elle avait d'évidentes difficultés. Elle s'accroupissait. Je percevais la peine qu'elle avait à soulever de dessous, avec ses mains engagées, l'objet. Et pour le faire s'élever, plusieurs tentatives infructueuses.

Moi, je me serais bien enfoncé dans le siège, pour mieux lui laisser plus d'initiatives, de savoir-faire, d'amplitude encore. Je priais pour qu'elle restât ainsi asservie. Qu'elle s'occupe toute. Toute attentive à me bassiner. M'ouvrir ses mains comme un pistolet.

- Tu peux venir m'aider, me lança-t-elle ?

Assez peu peuplée heureusement, cette sortie de Cogolin, vers Grimaud village. Si on repérait mon numéro minéralogique, quels emmerds en perspective !

Je ne sais pas comment je fis pour l'aider, plus maladroit qu'elle encore. Et mon pantalon qui glissait toujours. J'étais bien à l'image de ces sacs poubelles. Nulle pour relever l'autre. Nous réussîmes à faire passer le sac par dessus les pointes émoussées de la porte. Il creva presque. Ou se dénoua. A ras le bord de petites chaussures, ou bottines d'enfants usagées. Des souliers de femmes aussi. Elle en perdit. J'en récupérai, dans la cour, et sur la route. Je lui ouvris la voie de la banquette arrière.

- Attends, me fit-elle, il y en a d'autres !

Maintenant que le cheval était dans Troie, et que j'étais passé du petit doigt au coude, la délicate petite fille était devenue un chat doué et agile qui enfourchait sans anicroches la grille, et projetait sur la rue trois autres sacs du même genre, plus légers encore. Des vêtements sans doute. De la récupération.

J'aidais à les caser. Au plus tôt fait, plus vite débarrassé.

Sans doute je ne saurais pas quoi faire d'elle. Dans quel sens la déplacer. Gentils ses melons : non, je plaisante, elle n'est pas si grosse que ça. Et je ne saurais bien sûr jamais si elle fait boudin devant la télé. Sa main retomba sur mon giron. Elle y tenait à ses petites orgies, ma farouche et susceptible compagne. Elle était même svelte, et ses cuisses avaient fini par lâcher du mou. D'un genre à avoir eu les arrondis des fesses travaillés par des mains qui ne se contentaient pas de lui mettre, mais qui s'employaient plus activement et plus avant à ramener la chatte presque derrière, la forçant à se cambrer davantage, les reins profondément creusés, toute exposée, offerte comme il fallait, finalement bien rôtie, pour retourner à point la petite saucisse toute plissée et déconfite.

Elle fit un renvoi. Elle ria. J'ai pété, fit-il en s'excusant. J'ai bien aimé gober ses rots, je les interceptais comme un jeune chat les bulles d'une essoreuse en fonctionnement.

Je n'avais vu en elle qu'une bonne copine, quand elle était sortie de la voiture. Et même son petit exploit de maquignonne m'avait laissé de glace, comme le temps, et c'était comme si je m'y attendais depuis toujours. Une force des choses en somme. Une prédestination. Et si les pointes avaient été aiguisées ? J'en avais trouvé partout sur le sol, avec des rivets, et des tiges filetées. Il y en avait même une toute blanche, qui s'était entortillée, l'autre avait été conservée ou perdue par la ballerine.

Non, rien, finalement, n'avait laissé présager qu'elle s'était pintée. Sobre. Nous étions tout deux à jeun. Pourtant, j'aurais pu boire à la source de ses lèvres. tout ce qu'elle voulait bien refouler de ses organes : son estomac bien sûr, mais aussi sa matrice et ses points d'ancrage tout en presse book de sanguines dans ses périodes d'échauffement. Du roulé de ses poumons naturellement. De la feta de la dernière salade grecque qu'elle eût bâfrée. Me fondre en elle comme du gouda. Carpaccio. Emincée.

- Que je t'explique, c'est ma mère qui ramène chaque jour d'habitude, là elle ne pouvait pas, je lui ai promis de le faire, justement pour ne pas se faire voler qu'elle remporte tout ça chez elle !

Fallait-il en conclure qu'elle était préposée au ramassage des points de collecte de vêtements défraîchis, intacts et propres mais défraîchis, à usage de nécessiteux ; telles ces cloches bien fringuées, potables, qui roulent leur bosse tout comme d'autres mieux nantis et lotis, de villes en villes, avec la nuque crade où s'enroulent comme des moutons de dessous d'armoire, des poils follets d'albinos, les cheveux moins poivre et sel que dans un mélange basique douteux, sur le petit crâne d'œuf, lissés et noircis artificiellement par le gel ou le gras de l'eau d'une fontaine ou d'un robinet d'évacuation ; et leur visage bien sûr buriné, même puriné, comme ces glands négligés de certains qui sont habitués aux anus sales, car, nature. Les traits eux aussi sont gras, tout épatés, comme ceux, systématiquement, de ces pauvres hères dans les festivités villageoises de Bruegel.

Pour le coup, ces doctes réflexions, je les faisais au retour. Dans mon hébétude fringante, même autant dire fragrante (je devais faire un bond de l'enfance à la vieillesse, avec une reconstitution des saveurs, odeurs et parfums en bonne et due forme !), le larcin s'avérait de taille. Il s'agissait d'une planque. Le fruit presque d'un braquage : et y trouver des chaussures et bottines dans le premier sac poubelle n'avait pas fait son chemin évident et logique dans ma caboche. Bref j'étais comme étonné du contenu. Petitement étonné. Indifférent. Mais une indifférence qui fait poser des questions. Pas à moi. Des questions aux autres. Sur moi, mon état mental. Même Marina était naturellement d'avis que j'étais en droit de me poser des questions. Est-ce un vol ? Est-ce précieux ? A presque cinq heures du matin, pour quelqu'un qui émerge d'une bringue de l'avant-veille, qui a niqué son mec et abandonné son mioche à sa mère, qui en est à tenir la parole qu'elle a donné de rapporter à la maison, ce qui d'habitude y est ramené sans embrouilles, c'était pour le moins une interprétation étrange des circonstances exténuantes présentes.

J'aurais du avoir plein de réactions. Mais peut-être comptait-elle sur ces réactions ? Au lieu de cela rien, motus et gentillesse à la petite gorgée.

Je revenais ainsi à la case départ : j'avais tout à craindre de la susceptibilité épidermique d'une manouche qui voulait jouer de sa lame, afin d'en vérifier le fil, et en encourager les effets, même pervers. Rien ne m'avait incliné à penser que ce fût la vérité. Invraisemblable, mais vérité quand même. La douce et belle Marina aurait pu me remercier en toute simplicité. Dans le prolongement de ce qu'elle m'avait narré avec ses moyens intellectuels à elle. Il ne fallait pas aller au-delà de ce qu'elle avait dit.

J'étais tellement indifférent, non concerné, comme à mon ordinaire, que même son visage, je dois l'emprunter à d'autres pour le décrire. Si j'avais fait seulement un effort pour en scruter les charmes, comme d'ailleurs ceux de son corps donnant du cargo ivre vers les grilles, j'aurais risqué le pire, attiré sur moi les foudres de celle qui me tenait par un contrat, un quasi, pseudo, cucul contrat, qui n'existait que dans ma tête. Pour ce qui la concernait elle, ses baragouinages n'était qu'un rituel mécanique, une précaution, un vague réflexe jailli tout droit des conciliabules d'entre filles.

Elle devait se donner, m'apporter le bonheur. Mettre la lumière, pour elle, en même temps que le paquet, c'était chercher à mieux me faire apprécier la douceur d'un corps de femme, qui se révèle à chaque fois avec autant d'intense volupté, à soi-même en même temps qu'à l'élu du moment. J'eusse entr'ouvert ma chemise qu'elle y eût porté sans l'ombre d'un dégoût, ses lèvres avides. Et la pointe de sa langue cherche sous mes bras la barbichette du bouc.

Quand elle revint du paradis, après un périple digne d'Ulysse, et des itinéraires maçonniques, et qu'elle releva son visage vers moi, je compris à ses petits signes spasmodiques de la main, qu'elle agitait si bien, et dans le creux de laquelle un compagnon sorti d'une longue maladie à caractère infectieux, et dorloté, pouponné, lustré, poudré même sur le rosi de ses joues enfiévrées, aurait abandonné sans appréhension ce qu'il a de plus cher au monde, et dont le mal est venu par là où il pêche, seul et pleureur, comme un geyser emportant les ressorts implantés après angioscopies, je compris qu'avec moi, les anges passaient, et me dépassaient, et que je devais paraître à ses yeux pas du tout dans mon assiette, le regard vide, le songe creux, à côté de la plaque.

D'ailleurs je me ressaisissais sur ses lèvres cousues. Je la forçais un peu à me prendre.

- Prends là, à gauche !

J'étais frais, avec tous ses vêtements superposés, pisseux, sirupeux, maculés de cire et de sébum. Toutes ces fripes que j'endossais pour dormir. Que je planquais dans les poussières de cambouis du coffre au petit matin, et que j'extrayais passé minuit, pour les jeter sur la banquette arrière. J'avais tout ça à régler pour pouvoir voir " réellement ", ne fut-ce que le visage de Marina. Finalement, il fallait être Prince, comme ces magnats dans les yachts, que je côtoyais à longueur de journée, pour séduire ne fut-ce qu'une Marina. Car pour s'attacher les faveurs d'une femme, encore faut-il voir son visage.

" Montre ! " lui fis-je en l'empoignant par le chignon et en lui tirant les cheveux. Ne me laisse pas mariner. Ou mourir idiot. Pour obtenir une sangria, il suffit d'un verre de vin et d'une rondelle de citron.

- Là ! Là ! Tu vois : la lueur rouge... après : tu tournes juste à droite.

Ce devait être un panneau de signalisation fluorescent de rien du tout. Dans le balayement du plein phare, je distinguais un sentier. Rien qu'un sentier, rien que de la terre, pas de bitume. A peine carrossable.

Je n'avais pas vu. Pas réalisé. Elle avait allumé. J'avais éteint. Un instant, j'avais cru que c'était bon, que ça allait venir. Dans mon étreinte, je n'avais palpé qu'un sac, une sorte de sac, pas plus animé que ceux de la banquette arrière. Je rallumais. Je le savais. Ses yeux maintenant, je les voyais. Bleus, bien sûr, comme au temps des gitans, relevés par un rimmel bleu sur la paupière supérieure. Pas beaucoup de front, en tout cas étroit en largeur comme en hauteur, sous les cheveux ramenés en arrière. un petit nez cassé, une forte mâchoire s'ouvrant sur de belles grandes dents, un peu jaunes. Un visage d'ange. Marina était morte.

Rien n'avait laissé présager cette mort. J'ai rarement vu de morts auparavant. Mais une sorte de certitude. Et des déductions simples et saines. C'était tombé sur moi, voilà tout. Mort naturelle, ça arrive. Mis à part ses extravagances sur la grille de la Maison de la Croix Rouge, il ne s'était absolument rien passé entre nous, rien de mortellement accidentel n'avait été entrepris. Eclatement d'un vaisseau, arrêt du cœur ?...

J'éteignis. Je n'oubliais pas mes précédentes appréhensions. Ses amis seraient postés dans les bosquets, accroupis derrière la barrière, embusqués dans le noir. Dire que j'aurais pu bêtifier en la quittant, en me séparant normalement et tranquillement d'elle, avec un inouï " bientôt le jour va se lever ". De fait, je n'en étais pas loin. Que pouvais-je faire ? Aller voir à l'intérieur, au-delà de la grille, si une quelconque mère élisait demeure dans un camp de gitans. Réveiller tout le campus. Encourir les cris et les pleurs. Rameuter le voisinage. Faire descendre toute la famille.

Il y avait bien la police : l'auto-stop, l'arrêt hasardé, la mort constatée. S'agissant autant dire d'un vagabond. L'obligation de l'autopsie. L'enquête de personnalité. Et en plus, et un fard du Diable me monta à la tête tandis que mon cœur se mit à battre à tout rompre : toutes ces cassettes dans mon coffre ! Quelle qu'en soit la teneur répréhensible, des perquisitions s'ensuivront comme les ricochets d'une pierre. Dans la précipitation d'une explication à donner, d'un auteur à préférer, d'un coupable à trouver, d'un exemple à donner, d'une généralisation à faire : un vieux avec une jeune, c'est pas sain, c'est de la pédophilie et ça mériterait Cayenne pour vingt cinq ans au moins !

Ce disant, j'allais simplement tout droit à l'essentiel dans ces quelques réflexions... Mais que dire de l'accessoire ? Aurait-il fallu raconter l'épisode des sacs volés, ou récupérés. S'exposer à l'élucidation, peut-être extravagante, mais bien évidemment éventuellement aussi, sérieuse et grave, et risquer à tout le moins la complicité par irresponsabilité prouvée, flagrante, notoire aussi ? Et dans l'éventualité où, pour simplifier naïvement l'embrouille, je me débarrassais des quatre sacs : si le vol avait par extraordinaire une valeur, même sentimentale, quelles représailles pour le principe n'encourrais-je pas ? Et si tout, par miracle, en revanche, avait été honnête, c'est-à-dire dans les justes termes que Marina avait utilisés pour décrire sa version, j'étais en priorité le suspect d'un délit de vol qui pour lors n'avait tenu qu'à moi.

Il y avait bien une autre solution. Je venais après tout d'une autre galaxie.

Je n'avais rien de bon à attendre de tout cela : et même, d'ici quelques années, si à Cayenne, détenus et gardiens, même combat social et moral, n'en venant décidément pas à faire de partage, ou dans la dentelle, on s'en branlerait d'un amalgame peu convaincant, préférant comme l'impair le plus au goût du jour, avec moins que rien pour le faire, à laisser traîner ne fut-ce qu'un rasoir jetable, on y allât de son homophobie innée, me voilà propre, et fin prêt pour le grand saut !

D'autant plus que l'extravagante Marina, a accumulé ces dernières heures les points contre elle. Et son histoire s'est effilochée. Rien de solide.

Eh bien soit : je t'emmène ma chérie ! Je t'ai trouvée accrochée au pic d'une pollution, et je suis tombé amoureux fou de ta marotte, surtout que pour rien au monde, je ne voudrais que ce fût quelqu'un d'autre, qui, comme les pères leur Lolita, pût profiter de ces quelques beaux jours aux beaux lendemains, qui te restaient à être ma poupée. Je négocierai simplement le stade terminal, quand la viande pourrira, mais pour lors notre plaisir sera mon bon plaisir.

Me voilà bien, pensais-je, tandis que je terminais ma marche-arrière tous feux éteints, et que je reprenais la départementale en sens inverse, m'appliquant à mémoriser des points de repères : là, l'entrepôt que je n'avais pas pu distinguer en venant, ici la fourche, enfin le centre-ville, et son échappée vers Saint-Tropez via la Foux. Je n'avais pas eu tout à fait tort d'avoir imaginé m'être contenté de dire à Marina pour solde de tous comptes : " Bientôt il va faire jour ". De fait, il était passé cinq heures et le jour ne devait plus tarder à poindre.

- Tu vois le ciel comme moi, fis-je à Marina, bientôt il fera jour...

Je la savais proche et chaude. Je la laissais en paix, malgré que je la sentisse palléale et avide, et surtout m'en sachant gré à n'en plus pouvoir, et d'en crier grâce, du bonheur qu'elle recelait au fond d'elle-même, pour faire le point. Un point amusé, comme le sourire de bonheur qui fleurissait sur mes lèvres et que me renvoyait le rétroviseur. Quel drôle d'énergumène je fais, quand même ! Comment ai-je pu un moment m'imaginer me débarrasser des sacs ? Je m'en serais voulu l'éternité de l'enfer. Tout est sous ma protection, sous mon aile. Ma voiture, comme mon cœur et mon âme, est pleine d'images jetables pour d'aucuns, mais imprégnées en fait pour moi dans le béton des couvercles de cœurs atomiques. C'est un plein que j'ai fait, et chaque nouvelle entrée, est indeletable et aspirée par la toile de mon cerveau.

Tout aurait pu être simple pourtant. Donner dans le bon goût. Mais ces hommes en chemise trench, très pussy cat, pantalon sans plis, tirés à quatre épingles, chaussures vernies, ceinture bouclée, ne sont pas l'image de la beauté, car rien de convulsif avec eux, mais celle de la répression universelle, de la torture mentale, de la réduction de tête. Ils donnent à imaginer que la mort ne se rencontre pas, mais qu'elle se construit. Dans le plus grand secret. On rejoint les étoiles, tant pis pour Dieu. Car comment remercier quand on est si heureux. Les phares qui viennent vers nous faiblissent à mesure que le jour s'efforce de poindre.

Elle me fit quand même deux bises sur les joues. Je ne lui ai pas sauté dessus.

- Viens avec moi.

Elle sortit de la voiture, ouvrit la portière arrière et s'empara de deux sacs. D'un coup d'épaule, et du genou, elle poussa la grille et disparut dans l'obscurité. Une lumière, un peu au-delà s'était allumée. Je lambinais de mon côté, paresseux, un peu autruche, cherchant une réflexion comme du grain à moudre. Je ne me résolus qu'à déposer les sacs contre la grille et m'employa plutôt à soigneusement, maniaquement fermer les portières. Très vite, ses ordres fusèrent. " Apporte les sacs ici ! ". Je m'exécutai : je les empoignai et les traînai jusqu'à une petite caravane. Je ne perçus même pas ce qu'elle contenait, s'il y avait des meubles, et comment ils étaient disposés. Une simple impression de débarras haut en couleur, où les sacs, qu'elle y jetait, dénotaient à peine.

- Ma mère habite là, attention à ne pas la réveiller.

C'est-à-dire une masse rectangulaire plus noire que l'obscurité, sur le côté. Une sorte de mobile home sans doute. De mobile home fixe, comme pied à terre.

- Et ton fils, où est-il ?

Aurais-je voulu qu'il se trouvât là, seul, dans cette planque, à sept mois : la question était nulle.

- Il est chez ma mère.

Elle me dit encore " referme la porte derrière toi ", après que je lui annonçai que je partais.

- Eh bien, donc à demain, sans doute, cherchai-je à rendre évident, comme le serait un nez au beau milieu d'un pied .

Après qu'elle me fît, sans accent ni odeur : " à plus ".

ANNA

La petite librairie où Juliette était vendeuse n'existe plus. A cet endroit : une galerie d'art. Jouissance exclusive d'un seul artiste, un seul proprio sans doute, comme bien souvent à Saint-Tropez, tel ce Gérard Roux par exemple, pas loin de là, juste à quelques pas, devant l'hôtel de ville. Les toiles occupent une emprise sur chaussée, un peu surélevée simplement, parfois protégée par des auvents de fortune. Le peintre est assis au beau milieu. Ses toiles ne m'ont jamais interpellé. Sur le petit muret latéral qui borde la rue pavée en pente raide vers la crevée sur la mer, sur les eaux éblouies et communes au vieux port et au quai d'honneur, souvent des jeunes femmes font une halte, et les petites culottes rivalisent avec les flash des touristes. Les jambes s'ouvrent avec bonheur.

Anna m'apparaît juste à ce moment si sûre d'elle. Comme les belles kitch de Jambier, qui expose au Papagayo, je la verrais bien souffler un peu, abandonner sa poussette sur le côté, et s'adossant au muret, jouer mollement des coudes en se haussant, un peu lourde dans sa robe mi-longue, et m'ouvrir ses jambes, rien que pour moi, le temps de se remettre en équilibre stable sur un recoin de fesse.

On a déjà passés Frédéric Mistral dans sa niche. A ma connaissance, les seules statues qui agrémentent l'immobilier urbain de Saint-Tropez, sont Subé et lui : c'est peu. Pas de statues dans les rues, sur les places, et même dans les cours intérieures des palaces : Biblos, Yaca, Ponche. Sans doute n'y conviendraient que les nymphes, seules ou en grâce, décentes comme à Sainte-Maxime ou Avignon, surprises à pisser comme à Bruxelles. Mais ce serait alors faire de l'ombre inexplicablement à la veille Ville corsaire, et les amoureux eux-mêmes ne manqueraient pas de rechigner. Pourtant au détour des rues piétonnes, comme des passages de Garonne ou du port, au beau milieu de petites places en repli, je m'y attendrais volontiers ; c'est comme une vie antérieure que je transpose, où la chose, la belle chose était là, et attendait son heure.

A mesure que je lui parle, mais dans ce style, avec ce genre de sauce bien à moi, que comprennent très bien les filles, pas besoin de faire un dessin,

Anna sur son muret, fait la nymphe, lymphatique, bien que son visage halluciné se force, la haussant d'un ton, et se complairait à merveille à se laisser photographier mais sur les rochers, ceux de la vieille Tour par exemple. Du beau linge, et parfumé avec ça ! J'enrage souvent que les appareils photo ne prennent pas les odeurs, les merveilleuses odeurs.

Là, je lui demanderais de bien se placer, de rabattre mais juste un instant sa robe volante, le temps de mieux laisser toute son amplitude au vent d'est, et peut-être faire passer quelques regards prudes, puis de jouer à plein la vamp et donner du museau dans le dos de la lentille. Dans le sens du poil. Là où toussent un peu les jambes, car il fait frisquet, d'autant plus qu'est mouillé le grattoir du rocher, et qu'une saillie un peu vert-de-grisée s'insère en fait main câlinement dans la raie.

Tandis que les gosses jouent dans le trou à titiller un petit crabe.

D'où puisait-elle cette assurance que demain nous nous reverrons. C'était comme une évidence. Pas le moindre doute. Ni réserve habituelle des jeunes filles. Alors que moi je m'en sentais déserté, et que ça me remuait. Elle prenait l'initiative, elle prenait les devants. D'ailleurs cette question de priorité datait du déluge. Elle avait bien sondé qui j'étais, ce que je voulais, ce que je pouvais, et elle attendait de moi quelque chose de précis, qui avait une force d'accomplissement immédiat.

Elle me reprenait. Là où pour moi cela ne m'apparaissait pas évident, et où je voulais chercher avec elle un terrain d'entente, une mise au point sur un lieu précis pour nous deux, elle me désignait d'emblée l'endroit d'où nous venions, c'est-à-dire le cimetière marin, à l'extrême opposé, côté de la plage des Graniers. Les après-midi, elle était tranquille : elle n'avait pas sur le dos les enfants, elle n'avait que le petit Jonathan, celui du landau, et c'est vers cette zone tranquille et relativement déserte au fort de l'après-midi, qu'elle se promenait avec sa poussette.

Ce n'était pas la falaise de Cassis bien sûr ! Loin s'en faut ! De petits éboulis de rochers. Même pas le cap Nègre de Six-fours. Et pour se perdre, il fallait sortir du sentier littoral, quand lui-même il s'enfonçait.

- J'apporterai mon appareil photo, fis-je, et un polaroïd.

- Il ne manque pas de modèles, rétorqua-t-elle avec une pointe d'ironie amusée et sèche à la fois dans son accent de slave. Elle eut un geste vers la jetée, inchangée à cet endroit depuis le film de Vadim, là où les touristes grimpent par un escalier en trompe-l'œil. Comment sait-elle donc que les belles femmes y pendent leur lingerie fine ? Reluque-t-elle les alentours, les passant au peigne fin, avant d'entreprendre à peindre sur le site ?

Car c'est bien là, qu'un matin, je l'ai surprise. Elle me devançait je crois. Elle ne me remarquait point. Bien rares étaient les matinaux comme nous : des pêcheurs peut-être...Les arrivées du ferry de Sainte-Maxime étaient encore loin. Je mis à profit la position qu'elle occupait. Ça ne s'inventait pas. Elle semblait m'avoir guidé à mon corps défendant, avoir tracé pleinement la voie sans que ce fût à proprement parler de son fait, dans une mise en scène, une machinerie, afin de suivre l'évolution de son oeuvre. Des allers et retours qui s'ensuivirent, rien ne transpira. J'eus voulu les lui révéler. Lui en désigner clairement l'objet et le but recherché. Secrètement, je voulais négocier. Mon ingéniosité valait bien sa créativité. Et le document du vidéaste enrichissait étonnamment la genèse, démultipliait les effets de volupté. Même les plus enfouis. Ma lingerie à moi eût-elle à en souffrir.

A son petit geste de mépris je tiquais au fond : du mourrons pour moi. Un peu pipi de chat tout ça. Elle avait deviné tout ce qu'un homme pouvait bien penser. Il ne manque pas de belles filles.

- Mais ce n'est pas pour moi, mais pour toi ! m'exclamai-je. J'encaissais un coup. Ou plutôt bon enfant, je m'en laissais assener un. Cela laissait présager de sa docilité demain, sur les rochers. Peut-être même est-elle plus forte que moi ! Apparemment pas toute en muscles : elle est potelée. Toute en poitrine. Le point de mire, d'ailleurs, ce sont ses seins délicatement maintenus dans le décolleté. Un bronzage naturel, presque hors saison. La trace de la peau claire valorisant leur rondeur. Pas énormes ; mais genre gros seins. Bien en chair, et bonne mangeuse sans doute. Sensuelle.

J'aurais pu me déshabiller tout simplement, sans complexe, devant elle. D'autant plus qu'elle gisait sur les rochers. La poussette était renversée. Jonathan avait glissé.

Je m'étais penché pour le voir enfin, ce petit gnome. On ne peut pas dire que je jouais à faire pisser mon chien. C'était la deuxième fois que je voyais Anna au cimetière marin, et même si je me suis longuement étendu avec elle sur les conditions de baby-sitter, je n'avais à aucun moment prêté attention au contenu de la poussette. Il m'avait laissé une impression de diablotin pleurnichard, avec ses yeux et ses cheveux plats noirs, sa méchante bouche tordue, qui lui donnait un air vulgaire. Pour des gens riches, comme Anna me l'avait laissé entendre, le rejeton n'en avait pas la noblesse.

Pour lors, c'était moi qui jouais à la nymphe, sur les deux seuls rochers qui restaient, derrière le mur d'enceinte du cimetière, de toute une mosaïque qui existait avant. Sans doute, sous prétexte de sécurité des usagers, permettre l'arrivée rapide de motos, chevaux ou escadre. Il n'en restait que deux, un banc des amoureux dans l'ombre du mur, un présentoir à ciel ouvert, nu, un peu biais comme les coteaux de vignes, pour mieux faire mûrir le grain. Que d'éjaculations !

Ma peau brûlante se rafraîchissait sur le rocher brûlant, quand je vis son petit bout de tête dépasser au-dessus des tombes plates. Une jeune femme, vraisemblablement, était assise, ou accroupie, occupée. Je me mis bien sûr à la filmer quand j'arrivais sur le site. Elle me tournait le dos.

- C'est de l'huile ? fis-je, au moment où elle leva la tête, fronçant des sourcils et rétractant son nez déjà court comme un anus, la main en visière pour se protéger du soleil derrière moi.

- Non : de l'acrylique.

Les peintres y voyaient une différence que je n'avais pas saisie.

Bien sûr, j'aurais pu me présenter dans le plus simple appareil, comme Adam s'étonnant devant Dieu lui-même de ce que pourquoi les femmes étaient aussi belles. Mais nous étions rentrés d'emblée dans une docte discussion sur l'art. Sa vie était un art. Ma vie était un art. Forcé. Un art, ou le négoce qui s'attache à l'art. Ah : ne pas oublier la situation sociale ! ... Situation, que dis-je ! L'occupation prétexte !

Anna n'avait pas de situation, ça se voyait. Quant à son occupation-prétexte, la poussette dont elle était affublée me donna immédiatement une indication sur son activité forcée, son activité de forçat autant dire. Surtout quand elle en vint plus tard à me dire qu'elle était d'origine polonaise. J'avais bien naturellement fini par lui demander de quelle origine était ce petit accent si charmant. J'enjolivais très hâtivement en tablant qu'il se fût agi d'une anglaise, mais non : ce n'était que du polonais, enfin son accent.

Je l'aurais parié ! Quand je pense que Max Weber, pour illustrer par un exemple ethnique l'adaptabilité des femmes aux emplois qui leur sont les plus étrangers et complexes, quand elles en viennent à émigrer, il cite : les polonaises en Allemagne ! Savait-il au moins qu'être demoiselle au pair n'a rien de comparable avec la demande des Start up ! On n'a pas encore inventé une étoile qui se dresse. Hormis qu'un nouvel internationalisme de femmes veut poindre face au machisme. Elles revendiqueront dans leur lingerie des soldes d'été, la puissante érection que les chatons au petit matin attaque pour se faire la main.

J'avais cru, tant Anna m'apparaissait plein d'envol, qu'elle envisageait de nous revoir sans être plombée. Mais non, puisqu'elle parlait de fin d'après-midi, comme aujourd'hui, et de promenade programmée, donc rétribuée. Elle faisait très bien avec sa lourdeur. C'était ça ou rien du tout. D'ailleurs cela lui paraissait évident, elle était d'abord ça, ensuite moi, subsidiaire.

- Je t'invite à prendre une chope au café irlandais ? Fis-je pour honorer d'un nœud décent nos liens tout neufs, car nous avions fait un bon bout de chemin dans la connaissance de nous-mêmes et de nos utilités sociales respectives.

Nous aurions pu prendre un nouvel élan, tâter d'un nouveau ressort, jusqu'au début de soirée. Sa robe n'était bien sûr ni assez noire ni assez courte, pour que nous eûmes pu courir les boîtes jusqu'à six heures, mais à la terrasse du pub, même avec la poussette, nous étions présentables. Même si je l'avais engagée de la main sous la table. Il n'aurait pas manqué de grands et beaux gars roux et musclés pour donner le change devant leurs pintes. Elle avait eu le bon goût de remplir ses cartes postales sur le rocher du cimetière marin, dissimulée derrière sa poussette. Les fameuses cartes postales ! Son séjour finalement se résumait à ça, pour sa partie touristique et vacances. Elle ne m'avait pas caché qu'elle avait fait son deuil de profiter, comme si " cela était aussi des vacances ", de Saint-Tropez ; elle verrait plus tard. D'ailleurs, elle comptait, après août, faire la côte, vers Nice...

Pourtant, si peu aurait pu la délier. Elle ne serait pas tombée aussi bas. Et Jonathan aussi, s'en serait relevé. Grandi à mes yeux : c'était une autre paire de manche. Relevé avec mon aide si, en lui faisant faire quelques pas. Pour le coup, je ne l'ai même pas filmé. Je crois avoir eu un geste pour le faire. Mais en réalité, j'ai pressé sournoisement, peut-être involontairement même, mais en bon et bel acte manqué, le bouton de pause.

Qu'avait-elle alors à tripoter son petit portable noir et bleu. Qu'elle le découvrit, qu'elle découvrit qu'elle en avait un, soit ! Etait-il trop tard à ses yeux pour appeler ? Y avait-il d'ailleurs si loin une borne qui pût la sauver ? Les gens courraient avec leur prothèse à la main comme s'il se fût agi d'une seringue à diabétique à se ficher dans le gras du ventre, tout pistillant de féminité comme un poignet baladé par une gourmette. Une gonade presque, qui fait des petits sur le rocher.

Elle le secouait presque, le considérait comme oiseau rare, ne sachant pas très bien ce qu'elle pût en faire, s'employa même à risquer un numéro. Sans conviction. Elle donnait un coup de fil comme si elle devait en recevoir un. Elle s'y reprit en plusieurs fois, à différentes étapes de notre commun cheminement de la citadelle au vieux port. Sous l'égide encore de Frédérique Mistral, elle eût pu passer un coup de fil à ses maîtres, pour annoncer qu'elle arriverait un peu plus tard. Peut-être, à la réflexion, n'étaient-ils pas là ? Peut-être s'était-elle souvenue de quelque chose qui lui avait jusqu'alors échappé sur l'emploi du temps des patrons ? Raison de plus de précipiter son retour ? Sensibilité à fleur de peau. Trop grande propension à culpabiliser s'agissant de ses obligations avec les maîtres. Jamais à s'imaginer qu'elle pût avoir des droits. Et méconnaissant les obligations des employeurs.

Cela ne mangeait pas de pain, une bonne Kilkenny, même ingurgitée à la hussarde ! Il y a des rituels à tout. La terrasse d'un café est un sacre, surtout à Saint-Tropez. Sinon, à quoi bon se mêler à l'originalité. Se serait-elle trompée d'endroit tout simplement ? Nul doute qu'elle se trompât aussi sur moi. Se tromper pour mieux être séduite. Sinon comment pourrait-elle en venir, le lendemain, à s'enfoncer plus que de mesure, dans une zone littorale à haut risque, loin du sentier battu. L'attrait de se faire prendre, à l'objectif ou en multiples polaroïds, ou encore se faire filmer, tranquillement, même tout en dessous d'elle, n'explique pas tout.

Je ne la filmais, se sachant filmée, qu'à très peu d'occasions. La toute première fois, c'est quand je lui demandais si je pouvais enregistrer la plage des Graniers, son avancée de mer plantée d'un rocher en premier plan, et avec son arrière bosselé et cossu, le tout dans une sorte de tachisme approchant aux teintes moins en demi ou mélangées, que salies un peu. Moins aquarelle qu'acrylique. Mais paradoxalement, moins acrylique qu'aquarelle. C'est de là que magnifiquement offert au soleil intarissable, je laissais venir à moi, comme des petits enfants, les échos surgis d'un bateau à voile qui mouillait au beau milieu, ou les rires en éclat rare et singulier fusant d'une hacienda accrochée sur la colline, ou encore le débit à la fois étouffé dans l'éloignement, et remixé par la phono, des propos historiques d'un guide sur le film de B.B. glissant sur le film qui se déroulait à terre. Sous les yeux peut-être de touristes, armés de jumelles indiscrètes, et dont il me semblait entendre les moqueries.

Vous êtes dans le métier avait du être une de ses toutes premières questions sur moi. Et encore : aujourd'hui ! dont il n'était pas sûr que ce ne fût la dernière fois que je la visse. Comme à chaque fois qu'on me posait la question, j'alléguais que non, uniquement j'aime, et qu'un peu, mais non, pas tout à fait, j'étais plus organisateur que professionnel, moins acheteur que mécène, moins expert que bienveillant. Ou complaisant. Et puis, je n'avais qu'une pratique modestement associative. Paradoxalement, rien n'y faisait, et la mayonnaise prenait : ça intéressait. Le milieu comme le métier est si avide à la petite semaine, qu'il compte s'en prendre toute une louchée lorsqu'il n'y a qu'une petite cuillère !

Elle n'était pas aidée avec moi. Il faut dire. Je me posais là comme embobineur. Oh innocemment ! Sincèrement bien sûr ! Tout ce que je pus lui dire ne fît que l'entortiller dans sa vanité :

- Ah bon, et tu es en France depuis quand ?

Ça devait être la troisième fois que je lui demandais. Les deux premières fois, je m'en étais fichu comme d'une guigne, et cette fois-ci, conscient d'avoir manqué un épisode, et mine de rien, qu'elle eût tôt fait de me rappeler à l'ordre, je me ressaisissais, et enclenchais derechef un retirage, pour synthétiser la saga de la petite Anna. Je m'apercevais en effet que je lui faisais redire, ou la faisais répéter, quand je me rendais compte qu'elle reformulait son curriculum vitae, avec la même exigence de pro d'un vade mecum. Qu'elle en eût appelé à une grande messe, pour mieux tout faire rentrer dans la tête, que cela ne m'eût point étonné !

Je suis lauréate d'un diplôme des beaux arts en Pologne, que je compte approfondir à Paris, était entonné dans toute sa gloire sur la complainte du " je suis chrétien... ".

Par contre, avec le recul, je réalisais que je ne lui avais pas demandé d'où elle tenait la maîtrise de son français. Au-delà de son accent bien sûr !

Elle me débitait en tranches le thon de sa pêche au gros, tandis qu'avec mon bébé sur le bras, je la filmais tout au long, incognito, mes réponses évasives ou mes questions en fanes d'orties, bien relevées par mon regard inexpressif, donnant le change. Leur effet pervers sera de ne choper d'Anna, dans ses oeuvres, que la lisière de son visage sublimé, assez secouée car l'image n'est pas stabilisée dans la configuration bon marché que j'avais choisie pour mon caméscope, et tout le gros du va-et-vient est rendu par le talus riverain qui longe la citadelle. Défilant. Les bras de la poussette eux-aussi, pour le coup, sont visibles. C'est que ce qui m'intéressait le plus était ce qu'elle pût me dire.

Je me promettais de lui demander le lendemain de me faire entendre d'autres chansons, sur le mode du gémissement des vaginales à fleur de chou, lorsqu'elles s'ingénient à faire partager au monde leur convulsive effusion, et qu'elles convertissent dans leur bouquet de palmiers roses la force du tonnerre en celle du cri primal. Serai-je un mâle à l'envoyer en l'air ?

Tous les déserts à petites calanques à naturistes ne suffiront point.

- Je te laisserai l'adresse du local de Montparnasse.

Demain, décidément, nous passerons aux choses sérieuses.

C'est que je suis gamin, et avec elle, j'ai joué, en associant d'ailleurs d'autres partenaires bien involontairement. Eux-mêmes cependant restaient le vivant témoignage de mes élucubrations créatives puisque Anna ne devait plus jamais rien en savoir.

Elle était accroupie au pied du mur. Presque derrière les voitures garées en épis. Oh dans la posture de la chiasse qui nous fait rebrousser chemin, en retroussant la chemise. Sans regarder derrière soi. Ou dessous. Les éventuels chardons. Sans crier gare. Que les TGV passent ou non. Comme cette marmaille pisseuse et chieuse des cartes postales de l'an mille neuf cent. Sinon que, et je m'en aperçus en passant, poursuivant le décompte à rebours, en bon touriste même matinal, à l'instar du personnel de bord, quand il court acheter les croissants du petit déjeuner, des bateaux, navires, voiliers, en rang d'oignons le long de la jetée, Anna était assise sur un des bancs du soupir, seule, affublée de son barda perso, n'y émargeant point pour une fois sa progéniture d'emprunt, en train de peindre.

L'idée me vint de revenir sur mes pas, et de monter sur le mur. C'est-à-dire grimper sur le faîte de la jetée. Un peu au-delà de l'aire d'observation et de promenade qui surplombe la capitainerie. Une fois juché sur le mur, en me penchant, je pouvais constater juste en bas, tout contre le mur, l'état d'avancement de la toile qu'elle peignait. De l'aquarelle apparemment, cette fois. J'arrivais au moment où ne paraissaient que deux barques relativement grandes de vacanciers pêcheurs, ou de plaisanciers marins, déjà peintes, surplombées de quelques traits rares verticaux ébauchés au crayon.

Je tenais à prendre mes aises, ne me laissant impressionner par rien. Cependant la prudence m'obligea à rester un peu à l'écart des deux hommes qui, le dos courbé et la tête relevée, étaient tantôt debout l'un à côté de l'autre, tantôt l'un accroupi, l'autre pas, ou inversement, et réciproquement ou tour à tour, visiblement occupés à la modification métaphysique dans une machinerie translationnelle, en surface, ou en dessous, ou dans une ouverture, peut-être en absorption, de l'une des deux barques peintes par Anna. Les hommes n'intervenaient pas dans sa toile. Ils étaient sans doute tenus pour rien à ses yeux.

Pour moi, j'avais choisi les miennes, et leur nom était révélateur sinon de mon état d'esprit tout au moins de mes conditions d'existence : " le vagabond ", " la galère ". Quant aux autres, leur nom ne m'a pas frappé : " Toulon " sans doute afin de les localiser pour le service des mines. C'est devant les deux petites élues, que je me ressourçais à discrétion, sans l'ombre d'un complexe. Je me méfiais toutefois des deux témoins potentiels. Un homme seul est toujours effrayant. Deux hommes, attirants. Au travail. Ou bricoleur. Parfois en compet '. Le malaise vient de ce que, comme une silhouette entr'aperçue dans un intérieur, au hasard d'une ouverture, fenêtre ou porte, on est immédiatement frappé de suspicion, car on ne comprend pas les mobiles des gestes, d'où l'on vient, et où l'on va, à quoi riment ces cent pas, ce que cache l'inexplicable, y-a-t-il une intelligence dans ces têtes ?

Les deux hommes furent parfaits, tout le temps de mes allées et venues. Ils ne firent, ou firent mine de, aucune attention à moi en train d'accumuler de l'énergie, de recharger mes batteries. Et quand j'étais suffisamment gonflé, le minimum requis pour repartir, ou plus si accumulation, je me levais, grimpais l'escalier d'accès à la jetée, enfourchais un rebord de ciment pour atteindre le faîte du mur, large d'une cinquantaine de centimètres mal stabilisés, une jambe après l'autre, les fesses lourdes impavides dans le lent et laborieux pivotement sur la pointe, récupérant la caméra que j'avais délicatement posée de côté dans le souci d'économie des forces que je déployais.

Ils ne firent attention non plus à la jeune artiste, penchée sur son giron, qui faisait office de chevalet, et qui leur rendait bien comme une monnaie de singe leur indifférence, son regard allant se ficher au-delà, par dessus leurs épaules, comme le pillage d'une manchette de journal par delà un voisin ignoré. Une ou deux fois seulement, un regard amusé giclait des deux quidams en grande conversation muette, sur Anna dans son coin de mur, ou sur moi, perché au ciel, au-dessus d'elle. Ils avaient sans doute plus conclu à une embrouille malsaine venant de moi, qu'à une stratégie de témoignage artistique. Cependant, ils durent le comprendre quand, à la fin, m'étant déjà préparé à repérer au plus juste le moment, où l'œuvre serait sinon terminée, tout au moins suspendue pour finition ultérieure, je me précipitais vers Anna avant qu'elle ne remballe le tout.

- Vous les vendez ? fis-je.

- Non, c'est pour mon plaisir. Enfin, parfois, quand on me le demande. A Paris.

- C'est terminé ?

- Non : je vais peut-être finir chez moi.

Et comme la toute première fois au cimetière marin, je lui demandais avec une politesse douteuse, si je pouvais en filmer le résultat. Oh oui bien sûr, assura-t-elle en tendant à ma caméra Saint-Tropez privé de son clocher, en même temps que sa redondante gorge déployée en forme de buste, comme bien souvent dans les huiles un peu déformantes, comme celles de Siée, franchement lourdingue. Le reste du liquide avait coulé dans les alvéoles et sur la palette. Et je sentais ma propre lingerie mouillée, comme en témoignage de ces petites pressions du poignet haut perchées sur le geste lent du bras en train de se déplacer sur la ville qui progressait à partir de ses barques témoins.

Je lui aurais avoué que je la spoliais pendant tout ce temps, qu'elle eût été indifférente, ne s'expliquant pas mon excitation toute juvénile à vouloir mener à bien ces espiègleries dignes d'un Guillaume Tell. La pomme percée, c'était plaisant certes mais...En revanche, par curiosité mal placée, lui eus-je relaté que j'étais grimpé tout là haut et que je la filmais, s'en était-elle aperçue ? qu'elle aurait prétendu avec un sourire condescendant " je le savais ". D'ailleurs, à aucun moment, aucun fard ne lui était monté au visage, comme si elle était venue au petit matin délibérément pour me voir, sachant que je m'y rendrais, et que je manigancerais une troublante pitrerie.

Elle avait été peut-être à des années-lumières d'un tel intérêt artistique auquel Picasso et Combas s'étaient aimablement prêtés, pour une pitrerie de ce genre : jusqu'où changer forme et couleur pour paraître plus enfant encore avec ces incessants retouche-pipi. Elle risquait de prendre trop au sérieux, si j'étais parvenu à le sortir, ce qui n'était qu'un mâle désir de kidulte. Pour le coup, je n'avais pas, dérogeant à mon naturel invétéré, été assez impulsif. C'est que je vivais à l'aune de mes acquits. Tout le stock de mes imparables images, leur compilation pour ainsi dire, et l'érudition qu'elles impliquaient, ouvraient aux fouilles de remblais, moins sur des charniers que sur une véritable statuaire antique. Et si les ressorts n'en étaient pas moins bien cachés, l'huile des rouages en revanche suintait, et rendait plus éclatant, car aléatoire, mon avide propension à sévir sur les esprits futiles. Le lendemain par contre, je pourrais aisément passer de l'image à l'objet. Mistral, qui se trouvait à la croisée des chemins, en témoigne. Un appareil, des polaroïds, c'était déjà un progrès vers la découverte du corps, de l'interception au shooting. Même le moutard n'avait qu'à bien se tenir.

Anna n'était plus cette image que j'avais croisée, un jour au temps incertain, où je remontais vers le marché de la place des Lices, agrandie et raide, seule et affairée, un sac genre fourre-tout pendu à son épaule, le chignon plus que jamais serré et le visage tout de grès, ou de béton, aux couleurs franchement basiques, anormalement fermé. M'avait-elle vu, et évité ? Ou pas du tout vu, car avec moi je dois lui en faire justice, à chaque fois que nous nous sommes rencontrés, elle ne s'était jamais départie de son amabilité toute spontanée et débordante. Etait-ce habileté, instinct, ou intention ?

Je l'imaginais sur les rochers, battue en brèche par les flots. La houle gonflait le golfe anormalement en tirant sur le large vers le phare de Camarat. Comme un ébouillantage, une fessée collective échangiste dans le lavoir enfumé. Son linge avait rétréci enfin, et j'appréciais qu'elle pût y mettre bon ordre dans ses capacités d'appâter, et pallier vigoureusement les petits dérangements du leurre blanc de ce qui la serrait un peu trop et qu'elle avait fini par enlever tout à fait. Jonathan s'était mis à hurler. Mais nous couvrions ses cris, comme l'évènement. Un peu dur à sortir de ses gonds, mais j'y parvenais. Dans le trou d'eau flottaient une planche pourrie et les copeaux impavides des joncs d'évacuation.

Je frétillais comme un gardon, et je brassais utilement comme après un triton. La couche culotte était sale et je la humais. Quoique dans mon état d'aveuglement je ne savais plus si elle appartenait réellement à Jonathan. Si les traces n'étaient point au contraire celles d'Anna et de moi.

Qu'est-ce qu'elle avait à me bassiner : allez tousse, tousse, crache encore, comme me tapant sur le dos, crache ton venin, pourquoi tu tousses tonton. Elle en avait plein la bouche. Et de son local qui était à la fois un bureau d'études et de prospectives, et une galerie, où le patron lui avait promis de l'exposer, où c'était même prévu, et elle me donnerait l'adresse naturellement demain, elle y tenait. C'est lui qui l'avait branché sur cette famille qui cherchait pour les vacances une demoiselle au pair pour leurs enfants. Elle n'y avait pas été hostile, et n'y voyait à priori que des avantages. Et de son diplôme qui devait lui ouvrir les voies de la gloire. Il faut que tu casques tu vois, me laissait entendre son regard malicieux.

Elle chercherait plus grand pour se loger. Jusqu'à présent, elle a échoué dans une petite chambre côté Alésia. Elle aimerait pouvoir vendre juste ce qu'il lui fallait.

Elle avait du bien sûr me demander si je travaillais ou si j'étais...d'ici. Comme à chaque fois. J'avais annoncé comme toujours : Paris. En vacances tout simplement. A la croisée de nos chemins, juste avant de nous jeter dans la foule des quais, j'aurais du me demander si je ne devais pas l'accompagner jusqu'à chez elle, plus exactement jusqu'à chez ses maîtres, peut-être était-ce son vœu secret. Nos ébats auraient pu avoir lieu sur un terrain d'entente, un site négocié. Le vide dans la maison nous y encouragerait, d'autant plus que le confort est ostentatoire, et que ce n'est pas de Jonathan qu'il faut craindre quoi que ce soit.

Plutôt que de courir une cambrousse, que les nudistes eux-mêmes évitent soigneusement.

Peut-être souhaitait-elle aussi que notre bout de chemin, n'en fût pas un d'essai, et que, sans l'inviter chez moi à proprement parler, je ne l'y pousse juste ce qu'il fallait en en faisant pas mal, pour qu'elle se rende compte de qui je pouvais être.

Si ma porte était flanquée d'un mouchard. Si les cariatides qui soutiennent mes terrasses sont de jeunes nymphes. Si j'ai rebaptisé pour mon bon plaisir " place de l'apéro " ce qui n'était qu'une embardée de la rue des ormeaux. Si derrière un treillage de châtaigniers et de pergolas, un jardin céleste sépare les roses, lys et iris des oignons, choux et ciboulette. C'était elle et elle seule en effet, à ma grande surprise, me voyant, alors que nous quittions par un effet tout fortuit de mouvement d'entraînement concerté les abords du cimetière marin, moins sur un pied d'égalité dans la motivation que d'incertitude et de flagrante hésitation pour ce qui me concernait, au point d'éventuellement rester un peu plus comme j'en avais le secret désir, elle seule qui a insisté : " Qu'est-ce que vous faites : vous retournez ?...On retourne ensemble si vous voulez ? ".

Cela dérangeait, sans que je le conçusse au demeurant clairement, mes plans, et cette corvée inattendue méritait en retour et par conséquent, rétribution. Le plaisir que ses charmes réels avaient fait naître en moi s'était ipso facto traduit sur la ligne ou le fil du rasoir, par une manœuvre digne d'un Guard, qui plaçât ma caméra, bien prestement mise en tension, et cornant déjà en abondance, pesant de tout son poids, sur la tabatière anatomique de ma main crispée. J'étais tout au suspense entretenu, tandis qu'elle me parlait déjà d'art et d'œuvres. Cela, c'était avant, quand je l'avais détournée de ses cartes postales à deux francs. Maintenant qu'elle m'embarquait dans une idylle pouponnière, au risque d'être ridicule en nouveau père, de jouer plus les areu que les aqueux, et marquer le pas au rythme de la marche nuptiale, plutôt que swinguer avec aqua dans le baladeur, je me débattais comme morpions badigeonnés à la poudre de riz, et me résolus à lui voler ses propos épars à des fins de conservation historique.

Pourtant, je lui avais laissé entendre mon abjection pour le dernier métier du monde, qui était moins encore que le premier, car il n'était pas métier du tout. Il était moins que l'occupation naturelle des mères. Fruit de la paresse, la vraie, celle qui à vouloir monnayer sans à-propos, est amenée à cracher ; les services de la baby-sitter aboutissent, par l'investissement en temps qu'exigent les parents dessaisis, à ce que ce soit l'employée qui contribue à remplir les poches des patrons. Au motif qu'il y a usage d'une maisonnée, d'un rythme de vie d'emprunt. Dans quelque autre métier, l'employeur investit. Le fait est qu'il s'agit ici en dernier ressort d'une rencontre de deux séries de paresse interactive sur fond abusif de contrat fallacieux.

Du coup, elle méritait qu'on lui prenne tout, même son image : ce que je fis plutôt deux fois qu'une ! Eau dormante, elle tombait comme deux ronds de flan, sous le buste énergique de Mistral. Même ses jambes étaient lourdes. Sa poussette ripait. Avec dans le regard, tout l'azuré des calmes tropiques. Un aplomb inouï ! Une inouïe suffisance.

- Tu te fais arnaquer crois-moi ! C'est toi qui leur donnes de l'argent. D'ailleurs, je suis sûr qu'ils ne te donnent presque rien ! Rien ne justifie que tu y passes tout ton temps. Et que tu passes, en plus, par ironie du sort, à côté de tout ce qui fait le charme de Saint-tropez !

Le mécanisme de la pêche au petit était toujours le même. Economie de subsistance : je consommais toujours la friture. Pas moyen, tout au moins dans ce domaine, de pêcher le gros comme tout un chacun, mu par le miracle du travail, par cet effet de torsion qui fait pisser l'argent. Loin des pogroms et goulags, je surnageais, comme une gonade dans un gel d'eau. Pour le plaisir, rien que pour le plaisir, rien pour la satisfaction, pour le négoce. Ma seule croyance, et bien étrangement tenace, avait toujours été que cette friture était une ambroisie. Que les Dieux un jour l'élirait.

Une fois l'œuvre peinte dans la boîte, au stade où on l'a prise, lever la caméra pour comparer, faire comparer, avec le modèle. Revenir sur l'œuvre en contre-plongée sur les gros nénés de l'artiste, comme sur le baiser de deux amoureux lovés dans les rochers. Voyeuse, elle paie aussi sans le savoir, son exhibition. Prendre le paysage d'ambiance : le navire de guerre américain qui mouille au beau milieu du golfe, sous l'aile maternelle en premier plan de la Vieille Tour avec ses pierres d'époque.

Jouer les penseurs de Rodin sur le socle d'une borne d'alimentation électrique du quai, pas très loin des deux barques qu'Anna est en train de peindre. Le temps de faire évoluer la toile. Que le stade antérieur ne soit plus jamais à l'identique de celui qui lui était antérieur, sinon à consulter la vidéo félonne. Pour ceux qui marchent dans l'histoire, c'est un vrai trou de Pythie.

Quand le moment est venu, mesuré au chronomètre, reprendre le même chemin touristique, retrouver les mêmes pulsions hédonistes, la même excitation sexuelle. La toile. Les barques. Les seins. Les pêcheurs. Saint-Tropez. Le bateau de guerre. Ma pomme.

De nouveau, le trou vide dans l'emploi du temps, où je me fais tout petit pour ne pas attirer l'attention des hommes, des deux vacanciers, ni celui d'Anna bien sûr. Le temps m'investissant de son électricité. Sentir monter sous moi, l'arc à souder. Jouer les prolongations. Anna est aux anges, à mesure que son paysage se complète. Sa rapidité d'exécution est remarquable en tout cas : je l'avais déjà constatée. Beaucoup d'assurance aussi dans la détermination des teintes sur la palette : ça , je l'avais déjà mesuré la première fois aux Graniers. Beaucoup de précision dans l'application de pinceau.

Achetable, comme souvenir, pour une bouchée de pain. Mais au fur et à mesure de notre conversation, je vis grandir ses exigences, enfler sa prétention.

A mon plus grand étonnement, elle sortit de dessous les boisseaux, son tableau de la plage des Graniers, au point précis où je l'avais filmé au tout venant à la finition, que je croyais n'en être pas une définitive, espérant m'en requinquer d'une giclée supplémentaire.

- Vous pouvez me l'acheter maintenant, si vous voulez, implora-t-elle.

Pouvais-je réellement alléguer que je me donnais quand même le temps de la réflexion ? Ou avancer l'excuse de mon manque de suffisamment de numéraires sur moi. ?

- Avec plaisir oui : combien ?

- Neuf cents francs, fit-elle avec le petit air caractéristique du cadeau qu'on fait de surcroît.

Nous opérâmes immédiatement la transaction sur un banc, où à côté de nous des nymphettes donnaient du mou au présentoir.

Je sortais une liasse mal contrôlée, tant l'émotion s'y mêlait. Il fallait bien en arriver là ! Je n'avais tablé, si cette éventualité s'était présentée clairement à mon esprit, que sur le tiers de cette somme ! Surtout que, dès lors que l'acheteur était l'amateur, le connaisseur en art, je ne méritais pas de tomber sur une croûte. A peine mieux qu'une carte postale à deux sous. Il eût fallu au contraire les donner pour m'en débarrasser. Encore heureux que l'histoire, elle, n'avait pas de prix ; toute cette aventure vidéo asthmatique, tenait de l'excellence, et faisait passer la pilule de neuf cents balles, qui pour le coup, était un équivalent de vrai travail, méritant l'échange d'un vrai produit ! Pauvre Pierrette. Sylvain n'est pas fait pour relever Sylvette ! A une satisfaction perverse près. Mais grasse ou maigre, cette petite perverse ?

Je me ressassais ce désappointement, que je me consolais avec une kylkenny seul au bar irlandais, pour le coup, me retraçant la genèse dévoilée que le banc encore occupé m'employait à transfigurer. Comme le site mélangé, la mélodie remixée, d'un meurtre passé, celui de mon argent, mon bon et bel argent !

Je rêvais encore les avoir.

SANDRA

Je sentis un fard me monter au visage. Avec au fond de moi : comme une dépression, un affaissement. Le cœur ramené à une tornade dans la baie de Tokyo. Un vent de panique souffla. Mes yeux ont du se révulser comme ceux de Christ, icône un peu galvaudée et ses éclats de porcelaine vierge aussi flashant en moi que son visage blafard à elle, piqué, tels deux boutons noirs de peluche blanche, d'yeux étincelants qui se concentraient avec haine sur le fond du mien. J'eus des difficultés à soutenir le regard de Sandra.

Plus tard sur les vidéos, je revis ce visage haineux. Cette bouche littéralement tordue par un sourire satanique. Ils peuvent bien être tout ce qu'ils veulent ces riches, tout ce qu'il apparaît sur les dépliants ce paysage surfait, tout ce qu'il prétend être ce vieux qui me talonne depuis maintenant des lustres, je les emmerde bien et ils ne m'arrivent pas à la cheville. Laissons-les s'embourber, s'emmêler dans leurs pinceaux tout neufs. Des voyeurs avec leurs yeux de merlans frits, qu'il faut remettre à leur place. Voilà ce que disait la bouche de Sandra.

Certes, maintenant, elle n'avait plus le dessus comme ce jour-là. Ses yeux, au contraire, étaient autant le dire ainsi, fuyants. Il restait toutefois cette détermination haineuse, par son maintien d'aplomb ou à niveau, dans le droit fil de ses propos. Je la sentais en revanche en dessous de moi. Prête à être tringlée au moindre faux pas. C'est que je l'avais entreprise depuis plusieurs minutes sur le ton docte du maître chinois. Beaucoup à l'évasement, pour qu'il passe un tout petit peu à la pointe du cône, bien filtré mais avec tous ses effets.

Pourtant comme ce jour où elle me lança ce regard qui me décontenança, elle avait atteint encore une cible. Décidément, elle ne se fatiguait jamais dans la faconde. Elle assenait des coups en permanence depuis ce soir de notre arrivée à Saint-Tropez, oh pas bien éloigné dans le temps, tout au plus l'avant-veille. Ainsi, pris en grippe dans le sillage du tout à l'égout et du pesticide dans les voies d'eau : peut-être les seuls amis que je m'étais faits depuis de longues années à Saint-Tropez, des restaurateurs, qui étaient ma seule famille autant dire, et qui me maternaient un peu, me bichonnaient, juste le temps de mon séjour, et que je plaquais du jour au lendemain sans crier gare, retraçant en cela l'ingratitude exaltée du Bike Baba.

Ces restaurateurs, je les sentais méprisés par Sandra. Ils étaient un peu communs, godiches, souillons, bonne miche à ses yeux, en comparaison de cette débauche de gens plus beaux les uns que les autres, bien fringués, très expérimentés, que d'une des rares places de parking échappant au péage, à la Vieille Tour, et de l'hôtel des Mescardins au Lou Regale, elle avait pu observés en soupesant l'esprit luxe comme le paquet d'un vrai mec. Ici on trouvait : un intérieur, plutôt qu'une terrasse, un air conditionné décalé quand on eût aimé s'attendre, paradoxalement, à plus de chaleur, un univers étriqué et rétréci que les nappes à carreau blancs et rouges très entre deux guerres de cafés routiers achevaient de déconsidérer.

- Il n'y a que ça ici ?

Où m'as-tu amené ! C'est ça que tu as à me proposer. C'est quoi cette racaille ? Avec leur tarte tropézienne exposée aux mouches !

Aujourd'hui encore, la cible était tout proche. A bout portant, Anna me plantait de sa flèche en dessous de la ceinture, m'empoignait par la prostate, m'étirait tout un nerf qui me sciait la jambe jusqu'au profond de la fesse. Pour être à même de calmer le jeu, neutraliser cette grogne, il m'eût fallu auparavant de l'exercice, de la natation peut-être, beaucoup de natation. Il faisait bon. Nous revenions d'un périple tout alentour. Et nous nous installions à la terrasse de la nouvelle cafétéria du Géant de la Foux, nous étions à la fin de notre copieux repas. Et voilà que des phrases, des mots fusèrent.

- J'ai voulu voir Saint-Tropez, eh bien voilà maintenant j'ai vu, j'ai vu ce que c'était, et pour moi, c'est assez. J'ai eu cette expérience voilà tout. Je peux partir.

Elle me fouettait à vif, sur des parties sensibles. Moins charnues cependant, ce qui eût pu entre parenthèses avoir pour effet de convertir mon mal en plaisir, que celle dans le creux des reins, où quelques poils sclérosés ossifiaient la peau qui desquamait. Elle avait pourtant consenti au matin dans l'ombre de la chambre, avec simplicité et bienveillance, presque maternelle pour une fois, en tout cas fraternelle et prévenante, d'enduire mon dos, lui qui devait être exposé au frottement implacable du siège toute la journée que nous devions nous balader en voiture, de crème de biafine qui en humidifiait, sans l'engorger, comme un gel salvateur, la surface meurtrie.

Déjà en signe de réconciliation donc, nous nous étions massés le dos, respectivement et respectueusement il faut dire. Sans que je m'eusse glissé promptement sur elle, et ouvert la voie entre ses fesses. Chose qui l'aurait laissé sans doute de glace. A part aller tous les quatre doigt pisser, et n'apprécier réellement en un bref frémissement que le contact de ma langue dans le mou de ses cuisses, je ne voyais rien dans ce domaine, qui pouvait la relever à mes yeux.

C'est que nous faisions toutes les choses à l'envers. La guigne quoi, sans aucun doute. Mais finalement, pas plus que d'habitude, et me semblait-il, pas plus que toujours, vu comment nous étions programmés l'un et l'autre. Nous avions couru à Pampelone sur la plage verte entre le Neptune et le Kon tiki, compte-tenu qu'il fallait lever très vite un doute sur l'existence des plages à Saint-Tropez. Il fallait entrer avec elle dans des explications dégradantes.

- Je ne vois pas de plage ici ! m'assena Sandra dès notre première prise de contact avec le vieux port, côté vieille tour, ou tour du Portalet.

Avec déjà cette mâchoire, que paradoxalement elle avait si peu, tant son menton, qu'elle n'avait pas, était fuyant, cette mâchoire serrée de tortionnaire potentiel, et ce regard torve et glacial, fusant en étincelles dévastatrices sous les spasmes d'un ricanement qui lui soufflait empuanti par le nez, comme ces mouchages de morve par les mecs en général , quand elle ne file pas avec leur bave, dans l'eau de la piscine ou sur les circuits de footing.

Je lui avais, bon enfant, fait une sommaire explication de texte devant un plan de la presqu'île fiché sur le mur sous la passerelle des mescardins.

Il eût suffi de profiter de ce que nous étions deux, et compte tenu de notre expérience concomitante de la maladresse indécrottable dont nous faisions montre devant l'opportun et nécessaire amadouage des ardeurs du soleil, quand il s'agit de se faire bronzer dans un minimum de temps, pour qu'en quatre coups de cuillère à pot, et en n'y allant pas nécessairement de tous les quatre doigts abusivement sous une serviette à l'abri des regards, nous nous enduisîmes, comme dans un bain de chocolat ou une soirée mousse, de la crème solaire, gel, huile, spray en tout genre, totalement et régulièrement, sur toutes nos parties inaccessibles, comme sur les parties les plus accessibles d'ailleurs : ceux-là pour le plaisir.

Au lieu de cela, elle s'en mit à la petite louche comme si elle en conservait sur elle pour emporter le lendemain. Et moi de mon côté, tirant sur la corde, j'en avais à peine glissé dans le creux de mes mains, que je démarrais au quart de tour, plus comme une bonne à tout faire, qu'en état d'éjaculation précoce. Je me mettais à fondre, ne me relevant et ne m'en remettant pas du contact avec un corps puissant, brutal, imperturbable. Ce rayon au fond de la gorge, comme un essaim, m'anesthésiait. Après en avoir appelé scrupuleusement à l'identité, qui valait définition, ou l'inverse, de son parfum, parmi les multiples qui se déplaçaient en flux migrateurs, j'en guidais la caresse radieuse vers ma poitrine allégée. L'infidélité avait été d'un bloc, immédiate et complète. A l'insu de Sandra, qui pourtant bien proche, si elle se fût seulement préoccupée un peu moins d'elle ou du canevas préétabli de ses idées noires, de ses rancœurs entretenues artificiellement, ou encore d'un songe creux égaré moins dans la didactique de ses reproches inexprimés que dans une galactique à tout va, qui sait ! Sandra qui aurait pu voir, non pas mes frasques elles-mêmes et toutes crues, car elles furent secrètes et rapides, contrevenant même à une promiscuité pas trop regardante et suffisamment marginale, et maintenue à distance, mais les signes avant-coureurs, les préliminaires, les approches, les attentes chuchotées ou délibérément levées comme le seraient des blocus immotivés, les jonctions, les tirs et impacts enfin, qu'elle vit en fin de compte peut-être, en n'en soufflant mot, alimentant plus encore son dépit et son dégoût refoulé, cependant vraisemblablement qu'en toute bonne logique, et avec un zest de chance, elle y avait été absolument étrangère.

L'emploi du temps lors de mes absences était bétonné, bien que je n'avais pas de comptes à rendre. Une nage en continu, sans reprendre pied, de trois plages consécutives jusqu'aux vacanciers textiles du camping un peu plus loin ; les douches de ce camping plus populaire pour le plaisir, rien que pour galerie ; et la réception au camp du Kon Tiki, que finalement après une longue et brûlante marche forcée, reprenant le chemin à l'envers, et l'humeur résolument badine, je m'étais décidé à aller questionner, comme je me l'étais promis, ainsi qu'implicitement à Sandra, pour connaître le prix des locations, et les possibilités d'emménagement.

Cet intérêt pour la location était un leurre. C'était une course que je savais sans objectif. Une nage à la manière de l'hippocampe, tout dans le serrage de couilles et de fesses, à ne s'agiter que sur place, en forçant sur la queue ou l'épine dorsale. Et qui du même coup, aurait du compromettre notre avenir, à Sandra et à moi.

Comme était un leurre cette attente, le lendemain matin, à une heure un peu trop expresse, et qui n'en finissait pas, devant l'office du tourisme qui ouvrait à heure tapante. Il était hors de question pour moi comme pour Sandra, et je ne lui en aurais pas fait supporter la corvée, de faire la queue ou le pied de grue. Je jouais depuis quelques bonnes minutes maintenant avec elle, et elle avec moi, à ne pas savoir quoi faire. Elle devait bien réaliser qu'il était dans mes intentions de tenter une démarche, mais elle prit brutalement en grippe nos allées et venues, figure imposée qui virait au manège, où elle était la dinde, et eût le malheur de pester, n'en pouvant plus.

Comme étaient des leurres, mes vérifications pour le principe, au jour du soir où nous échouâmes, de deux hôtels qui ne pouvaient qu'afficher complet.

Pourtant, avec le recul, trouver un hôtel était jouable, car le temps instable et maussade faisait que les vacanciers semblaient avoir déserté anormalement la station estivale mythique, et il se disait des baisses de fréquentation par-ci, et de chiffres d'affaires par-là.

L'intuitive Sandra en avait même déniché un, nous sortions à peine de la voiture, et n'eut curieusement pas les mots pour le dire, ou la force de se faire entendre, sans doute faute de lucidité pragmatique pour y aller également de sa participation responsable et active à notre souci d'hébergement commun !

C'est sans doute qu'elle ne savait pas que je courrais après une ombre. Elle était persuadée que la solution était toute trouvée, que j'allais dégotter une chambre sans problème dans un avenir proche, que même peut-être, il fallait bien que j'aie mes entrées vu que je prenais en compte des itinéraires sur mesure, ou qu'enfin je ne pouvais pas manquer à mes sources, y faisant en effet, en règle générale, naturellement, honneur.

Elle sentit d'instinct le point faible. Et encore maintenant, à cette table de la Foux, elle savait que ces jugements hâtifs et négatifs qu'elle portait sur Saint-Tropez, et le sens perverti archéologique d'un séjour ici, allait heurter de plein fouet ma susceptibilité, et que, fatalement, même si à cent pour cent elle n'était pas sûr qu'il se fût agi de la bonne méthode, elle se disait que quelque chose en sortirait, vu qu'elle avait remué les braises d'une extase bien enracinée en moi, autant dire sacrée, et que j'entretenais abusivement, course comprise, comme une flamme olympique .

Le point faible avait épousé son premier arrondi sur le parapet de la Tour du Portalet. Déjà, dans mon air contrit, par mon allure contrariée, sur mon visage assombri, sinon pâle et tendu, elle voyait la course du lièvre à travers champ, peut-être l'angoisse du gardien de but devant le penalty. Un leurre. Tout était, non pas de la frime, bien évidemment pas, avec son lot de désillusions et de démystifications, mais une sorte d'esbroufe. Dont il fallait se réveiller, elle comme moi. L'étape avait été franchie, le but atteint. Pour rien. Et il était envisageable, prévisible, et même attendu, qu'il eût très tôt fallu se faire une raison, accepter un sacrifice, et en venir à consentir, si rien ne se présentait, à dormir dans la voiture.

Inconsciemment, elle redoutait d'en venir là tout bêtement. Plutôt elle pressentait quelque chose d'analogue, d'approchant, d'incontinent. Qui ne devait pas nécessairement lui retomber dessus mais qui la gênait aux entournures. Déjà j'avais réagi au prix de la chambre à Chalons, me créant ostensiblement des angoisses, me faisant peur, réactivant un urticaire. Une inquiétude inhabituelle, qui ne me ressemblait pas. Dormir dans la voiture était presque devenu la condition sine qua non que notre séjour commun pouvait durer un peu plus longtemps. Mais prendre une chambre d'hôtel n'était pas mirifique loin de là, mais il faut dire, au prix du tracas inhérent à son caractère d'urgence journalière, de devoir marner pour en trouver ; et la longueur du séjour de s'en ressentir du même coup, probablement sérieusement racorni, comme une enveloppe trop petite qu'on ne parvient pas à extraire d'une boîte aux lettres.

Elle me savait sous le choc. Sous un choc. Ainsi j'étais affalé sur le muret de séparation, gambergeant au coude à coude, scrutant bêtement le large. Le temps passait. Il fallait parler.

- Alors, ça va ? Tu ne dis rien !

Et c'est là qu'elle s'étonna de ne point trouver les plages qu'elle attendait, et à propos de quoi elle semblait décréter, sans autre forme de procès, que j'étais à ses yeux comptable.

Effondré aussi sans doute à la table du Lou Regale, où je m'étais restauré à d'autres moments, mais dans ces mêmes cieux, près de gens d'église et de renseignements généraux, avec précisément un jour également, la compagnie directe d'un prêtre. Sandra eût du me pousser plus à la confession qu'à la contrition. Pourtant, j'évitais pendant tout notre séjour de faire doctement le guide ou de susciter des souvenirs trop parlants qu'elle eût du halluciner en beauté pour savoir de quoi il retournait, et pour réellement m'apprécier, moi, ou me comprendre, et surtout voir dans la même direction que moi tout ce à quoi, paysages, endroits, événements, attitudes je voulais l'associer, faute de conjointe, d'enfant, de disciple, en témoignage de ma ferveur touristique : le problème on ne peut plus graveleux étant de savoir qui remercier, et vers qui, d'un créateur fallacieux ou d'un Titan, inconsidérément et abusivement se retourner

Etaient-ce des effets induits ou retardés, et en tout état de cause impardonnables, sinon inexcusables ou inadmissibles, de lenteur, à l'issue d'un jour monochrome de conduite automobile, toujours est-il que pour elle je lambinais sans raisons, et elle me le reprochait. Etait-elle fondée à me jeter la pierre à ce point, elle dont la seule vivacité décelable d'esprit relevait d'une impatience difficilement justifiable, et cette impatience elle-même d'une gesticulation aberrante qui masquait uniquement une indolence hors du commun, et le cryptage entretenu sans véritable objectif sensé d'une vanité à fleur de veines. Les pétards avec elle ne faisaient pas bouquet !

Plus tard, lorsque je lui reprochais à mon tour d'avoir couper court sans arguments valables le fil ténu d'une conversation sans emphases avérées de ma part, et au jeu spontanément rythmé d'un service de restauration qui tenait la route, et que, à sa surprenante proposition du lendemain de nous rendre à nouveau au Lou Régale pour y dîner, se rendant compte qu'après tout, ce ne devait pas être si mal, j'opposais une fin de non-recevoir au prétexte que le resto ne lui avait pas plu la veille, ou l'avant-veille, elle glissa piteusement sur ma peau de banane, me donnant du :

- Mais tu n'arrivais pas à décoller de table ! Tu ne te décidais pas à partir !

C'est que la punition du soleil balkanique ne se fit pas attendre, et s'infligea péremptoirement aux plagistes semi-textiles comme Sandra. Bien sûr, j'eus mon compte aussi, dopé par mes habitudes héliotropine, mes flancs et le haut de mes fesses en prenant un sacré coup. Mais je n'en fis pas un prurit, ni des glaires. Tantôt la tête glissant sur l'huile de ses bras enfouis dans le tapis de plage nu, mal déroulé, qu'elle accepta seul d'utiliser, par économie, déclinant la serviette de bain que pourtant je m'étais mis en frais de lui procurer ; tantôt redressée torse raide, s'entêtant comme capricorne chevronné qu'elle était en signe, à braver un sexe confus de mec seul qui paradait et se tournait résolument vers elle, mettant de l'ordre de temps en temps dans son rudimentaire barda de plage, s'intéressant de toute évidence peu à la mer glacée par une semaine de mistral en contrebas derrière lui ; Sandra, spartiate et catarrheuse à la fois, en vint à crier grâce quand j'en vins à lui proposer de partir :

- Ouais, j'en ai assez pour aujourd'hui !

C'est qu'elle en avait assez pour aujourd'hui, pour demain, et pour toujours si j'en croyais ses propos incendiaires et circonvenus sur les charmes de la côte d'azur !

Une fois dans la chambre pourtant, je compris là où ça lui faisait le plus souffrir. Son ridicule maillot une pièce de foire-fouille à soldes, rouge, vif mais sans avoir le cachet du fluo, ou des couleurs acidulées ou vaselinées, avait été à un moment donné, après quelques longues minutes de pudique exposition, les bretelles des emmanchures étant toutefois délacées, ce qui est à mettre à la décharge du plaignant, enroulé jusqu'au ras du pubis. Déjà l'hétérogénéité de l'enduit de crème par des doigts malhabiles, et sur des zones de la surface de la peau, disparates et comme au petit bonheur la chance, compliquait les arcanes mêmes de l'ardeur du soleil, et intensifiait les flammes de son extase, là où on lui cachait l'essentiel. Mais arrivant alléché à la lisière, il s'acharnait, en remettant une louche, en borderline avisé.

- Voilà l'horreur, on comprend les vertus du naturisme ! Fis-je en plaisantant.

J'hésitais plusieurs secondes. Pourtant j'en vins à la prendre. Mais comme expert en sévices dans un crime commandité sur la personne d'une enfant, sur qui on se vengerait du parent. Avec un haussement d'épaules, indigné, on ne s'exécute bien évidemment pas. Mais les années passant, le même challenge est relancé. Maintenant, l'enfant a changé et c'est d'un adulte maintenant qu'il est question dans le contrat : alors tout devient clair ; tu veux que je te venge, ok ay, je vais lui faire un gosse à ta victime expiatoire, tu veux bien ? C'est faire sans la pilule du lendemain ?... soit ! C'est à voir. Je compris comme Kierkegaard, les plaisirs à suivre des flancs balancés potentiellement porteur de progéniture !

Ah si j'avais pu photographier sur le talus de laitier pulvérisé, encombré de lauracées d'Amérique, la tête décapitée du porion, comme un fantôme d'Anil, qui roulait en contrebas. Ou flasher dans son placard à balais, la petite fille enfermée à qui on interdisait de faire caca.

Elle était dans la posture, sur les draps blancs de son lit une personne, qui faisait tête-bêche avec le mien, de Mireille Mathieu, toutes jambes dehors l'une sur l'autre, lovés, et moi derrière, ou de Pauline à la plage se caressant, hors du modelé des drapés, le bout des pieds, avec derrière elle une bouée haute en couleurs qu'on eût prise pour l'anneau d'une sainte punk. Elle savait que je le faisais, mais ne me regardait point. Si je lui avais demandé " mais tu n'avais pas vu que je t'ai prise " elle eût répondu avec son habituelle modestie de haute volée : " mais si voyons ".

C'était la première de toute une série. Elles devaient baliser notre seconde journée de séjour à Saint-Tropez, une journée repos, une journée rebut, dépotoir, détritus, de répit par la force des choses, une farce en sus du soleil vainqueur et ploutocrate, jouant de la subtilité des transparences, organisant les lieux, dispensant les récompenses, imposant les corvées, infligeant les sanctions, une journée encore et bien ensoleillée. Séjour à Saint-Tropez certes, mais il faut le dire vite, séjour dans la presqu'île plus exactement, ou dans ses satellites, plutôt à renifler sous les robes des saints, qu'à humer l'heur du bon dieu. Pas tiré à deux épingles et y allant tous les quatre doigts.

La première et les suivantes, je les ai bien cadrées. Par exemple là, dans la chambre, au petit matin, côté nord où on voyait, par delà des arbres, un coin inhabituel, dérangeant, et comme sorti d'un songe, du golfe frémissant et irisé, planté d'un somnambulique et omniprésent navire de plaisance.

La première qui allait se perdre parmi toutes les autres. Pourtant, à les voir toutes en un seul coup d'œil, on eût dit " chercher l'erreur ", test psychologique à la portée de tous sans exception. Sinon une autre également dans le lot, mais qui eût demandé une analyse plus fine, une expérience plus grande de femme, ou une intuition, un instinct, qui sans fatalement absoudre à tout va, isole les faits avec précision, rendant positive à l'excès l'accumulation de leur mémoire, faute de l'avoir évacuée par les voies naturelles et locales.

Je ne m'étais point trompé de trou en effet. Ni d'orifice. La lentille n'était pas déformée. L'objectif était bien enclenché, et correctement accommodé. Le flagelle de sa courroie pendant à la main, l'appareil avait été bringuebalé à l'aveuglette, mais guidé à bon escient et en toute confidentialité, dans les refoulements passagers et intermittents d'un mariage d'opérette devant l'hôtel de Ville de Saint-Tropez. Là où la caméra était déjà passée dans la robe diaphane d'une petite suivante toute immature, qui, nul rétroviseur lui ayant été automatiquement exigé à l'entrée, vive et douée d'antennes, se déplaçait en vous harponnant comme en une nage papillon, sans qu'on puisse bien sûr lui reprocher de n'avoir pas les yeux derrière la tête, ou dans sa poche, même en face des trous, toute retournée à l'idée de, se courbant, posant mieux que la mariée, pointant le cochonnet, et breakant pas mal ; puis très vite ayant chopé par transparence dans sa chrysalide, les rayons du soleil qui dessinaient le contour de ses juvéniles jambes de tout juste pas encore promise et déjà convoitée, en même temps que la précision envoûtante, troublante et vertigineuse, de sa lingerie adjuvante ; l'appareil photo, en une resucée enrichie au pipéronal, après avoir mis en boîte, la prise imposée, de principe autant que de préséance, obligée, canonique, claironnante, de Sandra, qui pour la postérité en redemandait, avait éternisé mine de rien, l'objet de mes préoccupations réelles d'alors.

Dans le lot des vingt quatre poses, j'eus volontiers extrait pour ma galerie personnelle ces deux-là ! Non pas que les autres m'indifférèrent, car elles étaient aussi un peu mes enfants, mais j'osais croire que Sandra, en compensation de n'avoir pas vécu pleinement ce séjour, dans sa réalité et sa sensualité, aurait pu frimer devant ses parents ou amis de ce qu'elle fût allée à Saint-Tropez.

Faute d'avoir atteint l'essentiel, je soignais les apparences, et me faisais l'interprète, le chantre, de la vanité un peu cloche de Sandra.

M'eût-elle taxé de pornographe, que j'eusse resté sans réaction. Tétanisé. Comme de plus en plus je l'étais avec elle. Ainsi comme quand, au restaurant du Lou, devant un fromage qu'elle consentit à commander et à prendre, " pour aller plus vite ", elle prétendit balayer d'un coup de fouet ma léthargie, j'avais été littéralement éconduit, renvoyé à mes chères études, et cloué au piloris.

Car il ne suffisait pas de s'envoyer sur l'air de la Traviata tout un marché de culs et de dégaines impensables pour l'être, pornographe ! Me serais-je contenter d'objets insignifiants, sexuellement, tapant dans l'adulte plutôt que l'enfance, dans l'homme plutôt que la femme, dans le vieux plutôt que le jeune, dans le vêtement plutôt que dans le nu, dans le paysage plutôt que dans l'humain, avec le poison du cadrage, et la manie de la répétition, un simple bâillement de vêtement dans le frisson d'un feuillage, ramené sur soi, collé et replié et collé encore, eût fait de moi, pire qu'un vieux cochon, un pédé, un homo, un pédophile, à qui on promet vingt cinq ans à Cayenne, enchaîné à d'autres pour travailler, car on ne connaissait plus la différence entre l'érotique et le porno, la nymphettomanie et la pédophilie.

Sandra avait mesuré le danger de ce débordement dans le cadre. Qu'importe qu'il n'y eût pas de mise en scène de sexes. A trente ans, elle paraissait si peu femme, qu'elle avait tout l'air d'un garçon manqué, avec un visage si peu marqué par l'expérience, qu'on supposait même une gamine, pire une enfant, alors qu'on lui donnait du " madame " quand elle était avec moi. Ainsi, elle tenait à poser, devant mon appareil, raide, pour être sûre qu'on ne l'ait pas prise sous l'angle du cul à tout crin, ou qu'on imaginât qu'elle ait pu chercher à aller au-devant de la séduction, vers l'aguichage, dans l'intérêt tout amoureux de l'autre. Car pour elle, n'ayant qu'elle qui fût réellement digne d'être aimée, elle devait donner l'apparence de la plus grande froideur, la plus grande constipation même, malgré son sourire feint et d'emprunt, qu'il fallait impressionner en priorité sur la pellicule.

A Sainte-Maxime, je me rattrapais cependant. J'aurais voulu que les quelques vingt deux poses restantes fussent bandantes. Seulement je devais me contenter à chaque fois de la même icône orthodoxe. Telles les vierges noires de quelque paroisse polonaise. Partant sans religion, je me demandais si Sandra n'était pas dans la mouvance sectaire d'un conventicule quelconque. Au Campanile de Châlons, elle avait empoché la holy bible sans crier gare ! Alors, pour la forcer à ce que l'image lui colle au sexe, je la fis poser près du Jour, de l'Aube, du Sommeil, de la Jeunesse du sculpteur Portal, " un artiste maximois " m'assurait-on à la visite de la Tour face au clocher, comme on eût dit " une salade mexicaine ".

J'obtins presque qu'elle étreigne un nu ingambe posté à l'entrée. J'achetais une carte postale d'une toile du maître. Elle embarqua d'un présentoir bien inoffensif de chêne, une carte de l'intérieur de l'église !

Cette culpabilité, toute socialement nouvelle, devait inconsciemment me travailler. La chambre sans doute était un enjeu. La chambre qu'on paie. L'hébergement en général plombait l'individu libre, différent du conditionné. Le gîte était un gage, un atout, un joker concédé au groupe social, une façon d'être associé au club, d'en faire partie, quitte à payer ne fut-ce que pour la protection des animaux. Il était l'objet même de la prévision calculée, familiale, ordonnée. Tout comme l'autoroute, mise en regard de la nationale. Je ne désirais sans doute pas que nous formions, Sandra et moi, un couple, condamné à s'organiser et s'entendre. Sandra devait, en jeune qu'elle était, partager le road movie tel qu'il se présentait, et ne pas avoir des désirs de grande ! Voulait-elle une chambre confortable et bourgeoise, qu'objectivement, par la force des choses, puisque les hôtels ne pouvaient afficher que complets, je me retrouvais devoir l'exclure, la refouler, la confinant au stade de romanichelle. Elle était enfant ou elle n'était rien. Elle se débattait dans cette contradiction sans doute comme moi-même. Et l'intervention sous forme de question idiote par excellence auprès de mes amis restaurateurs, était en faite révélatrice de ma secrète et dissimulée ladrerie qui masquait mon désir malsain d'embobiner Sandra tant dans un champ magnétique, que dans un passage à vide.

- Nous arrivons tout fraîchement du Nord, sans avoir prévu de quoi nous héberger. Nous sommes à la rue ! J'avais jusqu'à présent un point de chute, à Sainte-Maxime, mais là, en juillet... Vous ne pourriez pas nous tuyauter pour trouver une chambre ...

Pourtant Sandra avait flairé un coup de ce genre ! Elle s'irritait et s'indignait de ce qu'elle avait pourtant très justement anticipé les emmerds, et pour y parer, avait tout de suite désigné l'hôtel où nous aurions pu crécher ; pour en être revenu au point zéro, avec ce vieux connard qui n'en finissait pas de manger, comme aux meilleures heures de ses séjours antérieurs en célibataire, alors qu'il y avait mieux et plus fort à faire !

Je bafouillais, pris au piège, dans la nasse, comme poisson que j'étais. Mais si : il y a la terrasse, fis-je d'une voix blanche, si blanche que la salivation même eût pu me faire défaut si je n'étais pas au terme d'un repas bien arrosé, comme sous le coup d'une interpellation, qu'un rien a provoqué, un pipi de coin, faisant s'effondrer pourtant des pans entiers de vie, et d'honorabilités si péniblement conquises. Il y a…ici, continuai-je, et il y a une salle au-dessus... J'avais le souffle coupé ; coupés aussi les roustons, ce qui eut pour effet de me laisser un moment littéralement aphone, poursuivi du regard par quelque divinité surgescente et non prévue au programme, qui chassait sur les plates-bandes de mes louvoyages. J'en voulus à Sandra de cette mâle détermination. De cette virile et mature ironie.

Le resto n'était pas le pire qui fût ; et je n'étais pas avare, elle s'en était rendue compte, sur la nourriture.

Etait-ce la fatigue, l'écrasante fatigue du combat impossible, de l'embrayage au point mort, qui me fait naviguer en état d'hypnose, du Colombier où je vérifiais que maintenant bien évidemment il affichait complet, au Bella Vista que je connaissais, et où il n'était superflu de s'aventurer. Serais-je allé jusqu'à lui proposer un palace ? En tout cas, les possibilités que j'eusse tenté de lui faire admettre qu'il fallait sérieusement envisager de dormir sur place, se réduisaient à vue d'œil, et je n'avais en perspective comme issue, que la longue et irréfutable aube, sinon éventuellement quelque boîte enfiévrée et inaffûtable où nous aurions été de toute façon à côté de la plaque.

D'où venait chez Sandra ce goût de luxe ? Ma langue ne put y suffire ! Ou plutôt de confort. Mais un confort irréfragable. Pourtant quiconque faisant du stop doit s'y attendre. Aux abords de Chaumont, une fois passé un hôtel riverain qui affichait une pension abordable et même intéressante, j'avais déjà été sensibilisé pour moi-même. Alors que dire quand il s'agissait de moi et d'elle. Elle ne pouvait quand même pas prétendre qu'elle était tombé sur le coup du siècle, sans férir, sur le bon numéro, le nec plus ultra, au moment de sa prise en charge à la porte de chez elle, foyer protecteur et douillet s'il en fût ! Quand je l'embarquais moi à mon tour, et à l'endroit précis où je le fis, elle y avait bien été lourdée à chaud et dieu sait dans quelles conditions d'hygiène et d'idiosyncrasie, par un automobiliste comme moi, qui était vraisemblablement loin de l'adorable et dévoué compagnon que je m'étais sans nul doute révélé être pour elle par la suite ! Tout au moins, je le supposais. Car je ne m'enquis en faite alors, bien prudemment, auprès d'elle, que de sa provenance.

J'avais joué avec elle la carte confort, puisque je l'emmenais à peine quelques centaines de mètres au-delà au restaurant, puis quelques étapes substantielles plus avant que visiblement elle avait travaillé à me faire franchir, dans un motel de Chalons, lui proposant au passage, un cadeau, d'un autre genre certes, mais véritablement princier à y regarder de près. J'aurais du sentir un sable plus mouvant quand, baissant la vitre, je lui demandai où elle se rendait, elle répondit :

- En Haute-Savoie ! Ou ailleurs, peut-être !

- Alors, je t'emmène avec moi dans le sud.

Sans doute, le petit tour de piste avait-il du bon. Il y avait encore un homme qui veillait. Oh pas fatigué du tout. En forme. Lisant quelque revue ou journal dans sa robe de chambre, les jambes nues. Bien installé dans un divan comme s'attendant à être visionné dans son intérieur. C'est en effet qu'en y pensant bien, je ne me rappelais pas de ne pas avoir régulièrement vu en arrivant à Saint-Tropez, une fois passées cette ouverture vers le golfe et l'avancée cossue et haute en couleur de la cité corsaire, et empruntée non pas la route des plages mais la direction du centre-ville, en face de la Bouillabaisse, constellée de ses quatre étoiles, la pancarte " disponible " " chambres d'hôtes " en deux volets, peut-être même encore " encore ".

En y repassant dans notre nuit à couteaux tirés, comme en crise de somnambulisme, je me garais de côté, et pénétrant dans la propriété, je me dirigeais vers la lumière d'appoint d'une pièce d'habitation au rez-de-chaussée, dont les porte-fenêtre étaient grandes ouvertes sur le parterre. J'avais été piteux, brusque, en claquant la portière. Sans doute avais-je dit et redit que ce n'était pas évident. Y croyant à peine, maniant mollement les dés et les jetant, je m'enquis auprès de ce que j'étais loin de penser être une permanence de la réception, des possibilités de chambre. C'était l'habitant, et il déballa son commerce juteux, et ses mains étaient sèches autant que mes doigts glissants.

- Il n'y a pas de lavabo ? Fis-je, assez inquiet, rapport bien naturellement au prix demandé. Certes, il m'avait demandé : " cher ou pas cher ? ".

- Il n'y a pas de prise, annonçais-je le lendemain, soucieux d'avoir la bête bien entière, et bien en main.

- C'était pour le portable que tu as demandé ça ? assura Sandra, faussement interrogative, une fois qu'il fut parti, fière d'avoir tout compris.

- Grands Dieux non ! Je ne m'imagine tout simplement pas prendre une chambre où il n'y ait pas de quoi recharger ma batterie de caméra !

Nous devions y rester trois nuits. L'endroit n'avait pas été pour déplaire à Sandra. Le jeu de l'homme la maintenait sinon en alerte ou aux abois, tout au moins en puéril et caustique éveil. Ainsi que cette grande salle de bains à la fois pour tous et pour elle toute seule aussi, et si près de studios ouverts la plupart du temps à tous les vents, où entraient et sortaient, se heurtaient comme oiseaux en cages, ou papillons dans l'abat-jour, déambulant en état d'hypnose cadencée, de forts, grands, beaux gars, jeunes et étrangers, " si parla italiano ", et des canons, presque en sortie de boîte, autant dire toujours en sortie de bain. On touchait la communauté, on rêvait partouze. J'avais même surpris notre homme derrière notre porte :

- Je suis allé les engueuler; Je leur ai dit de faire moins de bruit.

J'étais autant dire nu. En slip.

Malgré que ce ne fût qu'une simple chambre, Sandra et moi, n'étions pas à l'étroit. Avec nos deux petits lits individuels, nous doublions nos chances de vivre nos vies séparées. Nous les triplions même, quand dès le premier soir, je l'abandonnai, excédé, et tenant à le lui faire sentir, mais en même temps secrètement soulagé et un peu fier d'être sorti sans être diminué de cette mauvaise passe.

- Je vais faire un tour en ville, le temps de souffler.

J'allais même plus tard jusqu'à lui laisser entendre que je maîtrisais la situation, que je savais qu'il y avait cette possibilité-là. Et encore une autre à Ramatuelle, où nous devions nous rendre le surlendemain, dans la foulée de notre périple d'un jour entier, en forme de cicatrisation de nos plaies tant morales que physiques que nous nous étions sadiquement ouvertes, du moins le croyais-je, à propos de laquelle je prétendis sans broncher avoir penser à une chambre chez un ancien barman de ma connaissance qui y avait acheté le P.M.U. du village.

- Est-ce qu'on reste encore ce soir, demandai-je à Sandra ?

L'hôte était au beau milieu des ravines sèches de son petit jardin potager, où on l'épiait depuis la salle de bain du premier. Parfois c'était la vieille qui y était, à qui on demandait de nous ouvrir, et dont le jeu de jambes sans dessus dessous et sans panache dans le trou de la serrure ou l'entrebâillement de la porte, laissait à penser aux manigances de quelque jeunette somnolente.

- Pourquoi : comme si c'est moi qui pouvais décider ! C'est toi qui fais ce que tu veux !

- Non : pourquoi ? Sois un peu adulte pour une fois : tu as le choix : nous pouvons encore prendre une chambre chez mon copain de Ramatuelle, comme il nous l'a proposé.

Elle me secouait, sous la douche écossée, autant que je la secouais, l'hôte comptant les points, nous donnant des " alors les amoureux ! ".

- Vous en avez beaucoup trop vu. Il faut y mettre le temps.

Après Sainte-Maxime en effet, et son Préconil, la cité lacustre de Port-Grimaud, une Venise provençale. Le dédale des trottoirs le long des canaux, où sont amarrés les bateaux à moteurs, près des commerces kitch. Devant, en premier plan, les ponts trapézoïdaux qu'on franchit en deux trois enjambées, et sur le parapet desquels je fais stopper Sandra d'un signe énergique de la main. Sandra, toujours comme le dos au mur, à geindre d'être mitraillée, sujet accessoire devant un plan monumental, comme un arrêté informatique sur un plan séquence électronique, sourire toujours aussi sarcastique, loin d'ouvrir les ailes de ses bras pour me faire légitimement profiter de sa pilosité à la portugaise, comme accrochée, les antennes recourbées au-dessus de la tête, au rebord blanchi de piscine édénique. Son maillot matelot, lourd comme un lainage d'arrière saison aux teintes rouille et beige, et son ample short dont les poches en soufflet de part et d'autre de ses cuisses accentuaient plus encore ses petites jambes arquées, achevaient de rendre pour toujours illusoire, sa petite touffe de vraie blonde.

- Il n'est pas trop tôt ! Enfin, on va être tranquille ! Fit-elle quand je lui eus montré dans mes mains désactivées la bête sans vie.

Elle avait eu un dernier sursaut, dans un recul, et en jouant de ses ultimes réserves. Exit la camera, entre en scène l'appareil photo. Il me tardait à gérer au mieux les clichés de la pellicule qui restait. Tant pis pour la Montagne Sainte-Victoire que j'avais ratée chemin roulant, le Palais des Papes, le Port de Sanary...

Mais la rose des vents de Gassin, si ! Et même pendue à la lanterne, devant le golfe aux marines de Port-Gassin. Elle ne me suivit plus dans les galeries d'art : ni à Sainte-Maxime, ou à Gassin, que même Râ, sinon à être décédé, avait déserté. Qu'aura-ce été à Sanary ou à Aix !

Rien n'y fit ! Je ne pus me faire respecter en rien. L'art avait été encore le meilleur terrain d'entente où elle eût pu éventuellement me suivre de loin, comme une indienne ou une chinoise son chaperon : littérature, peinture, sculpture. Mais la promiscuité cuisante et fatidique de la statuaire maximoise comme figure imposée, et l'ardente sollicitude de mes extases honnies, avaient achevé de l'en détourner, étant moi tout autant, et sans doute, associé en acrimonie, à un trop grand dégoût voir à un écœurement épique, que Sainte Nitouche.

Je me pris du parfum citronnelle pour la route dans l'échoppe des produits provençaux. Cet humour là l'amusa encore un peu. Qu'il fût un peu mon " shooting ". Mais je fus loin de m'en servir comme poppers, vu que même en fondant, je m'éloignai irrésistiblement de sa tourbe intime de femme. L'odeur resta pour les urines de recoin.

Mes idées les plus chères revêtaient aussi de plus en plus pour elle la soutane douteuse aux relents nauséabonds. Il n'était plus exclu que je la faisais secrètement gerber. Pourtant, il était légitime que je me fisse respecter. Mon idiosyncrasie en premier lieu, mon humour en second. Or les deux étaient battus en brèche par une Sandra qui se révélait plus lolita que Lolita. La teneur de mes propos médisants, en réalité bon enfant, quand il s'agit d'animer au mieux une conversation à deux, tournait au vinaigre, voir au pipi de chat ou la nitroglycérine. L'élan que je mis à engager tous les avenirs possibles, dérapait normalement lors de considérations peu complaisantes et même sévères sur la sénilité, les vieux, les forces conservatrices. Elle en fit une chasse-gardée et un cheval de bataille. Y avait-il loin dans sa famille, ou proche, des situations ou des circonstances qui l'avaient sensibilisée sur la vieillesse et le respect et l'attachement qu'elle revendiquait, toujours est-il que je la blessais, je l'écorchais vive, et fatalement en remuais le couteau dans les plaies :

- Maintenant je me rends compte réellement de toutes ces idées, de ce que sont en fait vos idées, et elles sont détestables, je ne peux pas les supporter, vous aussi vous serez vieux un jour.

Paradoxalement, elle me donnait donc du jeune, au moment même où elle me servait du mou et du " vous ", dont j'eus du, pour des raisons opposées, être secrètement flatté. Ainsi jamais elle ne fit la différence. Je l'ai laissé venir à moi comme à un enfant. Je l'avais séduite et elle en rompit brutalement pour en avoir pincé. Le gland n'en sortit que mieux. Mais le fromage rancit et la bonne fée omit de la mouiller. Moralement, à la terrasse du Géant, nous étions autant dire en nage, mais nos culottes étaient sèches.

Il n'y avait personne pour relever l'autre. Une adulte véritable eût rebondi, même passagèrement indisposée, sur un humour à prendre avec des pincettes, nonobstant la tolérance dans ce domaine un peu spécial d'un second ou d'un troisième degré toujours possible, et sinon à renvoyer l'ascenseur sur le même ton et la même déviance, tout au moins avec les propos simples de tous les jours, jouer les prolongations, ou réfléchir tel un miroir à ce qu'on trouve quand on gratte un peu. De la provoc en somme, en forme de leçons qu'on donne !

Mais la conversation, le langage, n'étaient pas l'affaire de Sandra. Elle était brutale et entière. Entière en se jetant avec ses fringues de pays froid dans la fournaise du port, en passant outre, et par dessus la jambe, les vitrines les plus branchées quand il s'agissait de les lécher comme tout le monde le faisait ; brutale en ignorant mon embarras et mes amitiés alors que j'attendais très sérieusement un retour venant des restaurateurs : mon assidue fidélité à leur négoce valait bien le coup de pouce du lendemain ! Je songeais " habileté ", " manœuvre " " système D " " Démerd " " Jour J " " Point G " " grand XX pour elle " quand il ne s'agissait pour Sandra, comme si nous étions tout bêtement de sortie tous les deux, de me remuer un peu parce qu'il n'y avait rien d'autre à envisager qu'à passer à autre chose, fût-ce n'importe quoi, même pas changer d'air, qui eût déjà été un signe de qualité.

Quand tout se terminait chez soi, tranquille, allongée, rafraîchie, mise à l'aise, bien dans ses basquets, à regarder à la télé un dessin animé nippon, ou les brefs coups d'amidon de quelque rambo d'oreiller.

- Je suis fourbue, je n'ai jamais autant marché de ma vie !

De fait : je l'avais fait marcher. Est-ce que, instinctivement il me fallait la fatiguer, pour tuer le temps. Et pour le tuer, je n'avais rien trouvé de mieux que de marcher et encore marcher. Oh en visitant certes. Mais elle ne retint que la marche. Le tourisme lui passait en fait par dessus la tête. Et tout était si vite consommé, car si peu, et peut-être même rien, avait été pris en considération, qu'il me fallait autoritairement tourner une page, puis l'autre, en tablant que de l'une sur l'autre, l'intérêt grandît. Restait le minimum : la marche. Et le plus dur physiquement aussi, en définitive, par un effet d'accumulation qui ne fut sans doute pas celui du capital.

Je la savais si pauvre, dans un tel état de pénurie, que je comptais certes sur la quantité de nos déplacements, mais aussi, ainsi concentrés, sur leur qualité. Passé Saint-Tropez, l'intérêt était les alentours. Pour équivaloir à la soumission quasi chevaleresque à une si attachante et surfaite Dame comme Saint-Tropez dont on ne pouvait que se voir reprocher de négliger quand on ne faisait qu'épisodiquement s'en éloigner, fusse en terre sainte, moins en amant déçu qu'en Roméo écartelé, il fallait bien saisir en un seul et même coup d'ailes, comme Nosferatu des Carpates à Londres, dans le temps resserré d'une journée bien remplie, brasser et embrasser, l'ensemble des patelins, passages obligés du séjour tropézien.

Mais secrètement je pensais : dût-on quitter la cité succube d'un moment à l'autre, que l'on quittât aussi dans la foulée et sans exclusive, l'ensemble de ses alentours. D'autant plus qu'à mesure de l'épuisement des sites, je figeais pour l'éternité sur mes clichés, Sandra elle-même, qui devint celle à qui je m'identifiais le plus. Elle était devenue le temps d'une journée mon clone touristique.

A toutes mes prises, elle se prêta avec docilité. Elle s'y attendait. Elle savait que cela, sans à coup sûr me faire plaisir, était de toute façon mon truc, mon prêt à jouir, ma manie et même si elle ne se faisait pas d'illusion sur la séduction qu'elle dégageait, comme une hormone d'un dessous de bras, et de l'impact qu'elle avait sur moi, restait toujours le paysage derrière elle qui pouvait peut-être m'interpeller, comme le cimetière marin ou le clocher pris de la citadelle.

Elle savait que j'eusse aimé lui donner des ordres, des injonctions, des recommandations, des consignes, qui eussent tous tourné autour de la manipulation de son corps. Mais elle remarqua très vite mon peu d'empressement et mon indolence. Et même si elle eût consenti à quelques poses obscènes pour la galerie, c'eût été par exception, pour dire qu'en rien elle n'était récalcitrante, et que l'on ne pouvait alléguer de sa part ni mauvaise volonté, ni égoïsme, ni frigidité ou absence de sensualité. Cependant le oh là venait juste après, moins dans l'échappement pour le coup délibéré, d'un soupir, que dans une grimace tirée d'on ne sait quel héritage ancestral, mis en rubrique, en archive ou en chronique, qui rompit tout lien et laissait de glace.

De mon côté, je m'étais imaginé qu'elle y prenait un réel plaisir. Non pas à y toucher du doigt. Quoique je ne doute pas un instant qu'elle ne fût dans ce domaine un peu perverse, et qu'elle n'y eût des excentricités ou adoptât quelque fétiche avec les meilleures intentions du monde. Elle était anormalement alléchée pour une sainte, et finissait toujours par en donner. Le repassage n'avaient en point de mire que des enluminures mystiques.

Je me la représentais, faisant grand cas de sa virée à Saint-Tropez, et, conviant tous ses amis et connaissances à sa table, si peu accorte ordinairement, sinon à y mettre le paquet en alcools ou autres expédients, d'en appeler résolument au témoignage de ces images qui la mettaient, on le sentait bien, sur un piédestal. Toutes les langues se confondaient dans sa Babylone. Et sa petite tête blonde, si peu chère, de dodeliner par un réflexe de convenances sociales, qu'on lui connaissait mal, et qui ne lui ressemblait guère.

Je retenais surtout la dernière :

- Ici, c'est moi au château de la Messardière.

C'était moins la route du vin blanc local, ou celle des plages chahutées par les hélicos, que la route des petits villages primés : Grimaud, Cogolin, Gassin, Ramatuelle. Je tournais à la croisée des chemins, vers la route de Tahiti, des hôtels quatre étoiles, et le château de la Messardière.

Je lui avais annoncé que j'allais la baigner dans un univers de milliardaires. En effet, de pures préoccupations d'amateur d'art, et celles entre autres visant les oeuvres de la propriétaire des lieux, Victoire, qu'obstinément je m'étais mis dans l'esprit qu'elle fût homme, avaient fait que je m'étais perdu, non pas dans une vie antérieure bien sûr, mais il y a quelque temps de cela, dans le labyrinthe des couloirs et des salons du célèbre palace, jusqu'à la piscine, et plus loin le jardin aux espèces diversifiées de plantes et d'arbres, qui surplombait cet arrière-pays même dont on appréciait généralement le cachet quand on l'observait des plages de Pampelone, qu'on pouvait elles-mêmes d'ici de par ailleurs détaillées de loin. Ce furent les dernières photos de Sandra, qui se faisait appeler Sancy et Harry tour à tour, devant la piscine aux grosses légumes, et dans le périmètre du restaurant, que le service de table était en train d'apprêter sans même nous remarquer. On s'excusait et l'on nous ouvrait les portes, fussent-elles de secours. Nous croisions les services de chambre, les personnels de bar ou d'accueil, sans que rien dénonçât l'erreur dans le test.

A croire que nos dégaines respectives, grand-guignolesques, n'étaient pas perceptibles, sinon à en avoir le regard si constamment abusé, qu'on en abandonne tous repères.

La hargne teigneuse de Sandra avait du bon. La traversée en forme de carnaval se poursuivait. La tolérance était la loi en vigueur, la déviance, même abjecte, le bon ton. Pas un instant, elle ne tiqua, me suivant, sans me talonner, nature, allégée ou light, et s'il le fallait, les yeux indifférents autant que m'as-tu-vu, plus soucieux d'un lacet défait que les débauches de luxe alentour. Pas un instant, elle n'aborda sa fatigue accumulée, et rien ne transpira de ces effets intimes.

Etait-ce une injure que je lui faisais, sans m'en rendre compte, uniquement préoccupé de ma seule personne, enchanté par les embellissements progressifs ou tapageurs, et marquant à tout jamais une distance scélérate en forme d'étoile inaccessible entre elle et ce monde, en préfiguration inavouée et tendancieuse de la distance que j'eus inconsciemment voulu mettre entre elle et moi !

Elle dut m'en vouloir au point qu'en plus d'évacuer à tout jamais l'idée même de Saint-Tropez, et la rencontre fortuite dont elle eût pu bien fallacieusement se prévaloir avec la station de renom, elle s'en essuyait effectivement les pieds sur le torchon, et dans la foulée toutes les images elles-mêmes en souvenir, qui déjà risquaient d'être frites elles aussi dans la même casserole, et traînées sur la même charrette, ignorées par un effet brutal de rature profonde et nette, plus irréversible qu'un autodafé, j'aurais pu tout aussi bien me les mettre au cul ! et les cartes postales de surcroît, à supposer qu'elles fussent parvenues même longtemps après son retour en famille, mises au pilon avec l'anchoïade ou le tartare d'aubergines.

- Qu'est-ce que tu veux exactement ? fis-je, excédé, battu par une incontrôlée qui s'en prenait avec une inconséquence difficilement supportable au cœur même de ma stratégie.

La table du Géant avait été bonne. La salade appréciée. Le soleil de fin d'après-midi nous caressait encore. Nous achevions comme des artistes un périple riche et haut en couleur. Les consommateurs, autour de nous, sur des tables que personne ne surchargeait, étaient agréables à regarder. Là-bas, le parc d'attraction que je croyais plutôt vide, était en fait animé.

- La Haute-Savoie aurait été mille fois mieux !

- Tu veux qu'on aille en Haute-Savoie ?

Elle releva la tête de son assiette vide, me regardant posément, comme si elle allait rechercher au fond d'elle-même, le plat qu'elle avait ingurgité.

- Bien sûr, que je veux qu'on aille en Haute-Savoie !

Je ne pouvais pas à proprement dire, que les mots m'avaient échappé. Un vieux fond de dévouement avait fait de moi un combustible concassé à extraire à coup de grisou. Et sans être histrion, je n'en aimais pas moins le panache. Je la soignais aux petits oignons, autant que je me l'accommodais. Je mettais en avant, le pousse ou la jeune greffe, pour qu'elle put convertir sans rechigner l'iode en expérience. Mes désirs faisaient désordre, et sa conduite me dictait la direction.

Sans doute avais-je été dans son collimateur, et bonne relanceuse à mon service, loin de me shooter en bonne causeuse, elle préférât, rebondissant sur l'impair, me breaker.

Elle était bien montée avec un canasson d'occasion, donné pour grand inséminateur. J'étais donc parti pour atteindre d'autres rives. Sans doute le mariage précipité, la bien bonne et classique présentation à la famille, les moutards qui sait ! Elle s'apprêtait à me donner du " vous " notre vie durant, continuant à courir au petit coin, moins pour règles douloureuses que pour impériosités mictionnelles, et peut-être en prime, un appart pour la retraite dans la Cité du Préconil.

Et dire que j'eus pu être toute cette vie courante totalement en décharge. Il eût suffi vraiment d'un rien : que je me morde la langue !

Ou que je la tourne sept fois dans et pour la bonne bouche. C'est simplement qu'il en fallait un dernier, de tour de piste. Pour cette fille du non-voyage qu'était Sandra. Certes, il était évident que ce n'est pas à Chembley que j'eus pu la conduire dans l'état de conformisme où elle campait obstinément.

Comme de toute façon, nous ne pouvions rester trois jours sans nous crêper le chignon, ou nous ouvrir par jeu de dupes la table à des hernies aux aines à force de nous donner des coups de pubis, autant jeter l'éponge sur les bases d'un repli. Dès le soir même, j'eus pu sortir sans elle, la laissant mariner toute habillée sur son lit de deuil, et au beau milieu de la nuit, lui clamer : " Si tu veux, demain, je te reconduis chez toi ! ".

- Si vous voulez !

A force de me renvoyer la balle, avec cet air à ne jamais vouloir y toucher, je l'aurai prise au bond en trouvant le bon mot.

Alors nous aurions jouer les prolongations pour la bonne cause. Elle impassible, de jour comme de nuit, moi précis comme un métronome, à ne pas rater un seul bus, et en laissant en permanence loin derrière moi, gros culs et grandes gueules, j'aurais refait le voyage à l'envers, et pour le reprendre encore tout de suite après, et contre toute attente, en bon routard.

Quelqu'un, peut-être un écrivain, l'avait prise en charge jusqu'à Chaumont, soit ! Elle devait être originaire de quelque petit village du Nord de la France. Peut-être le pays lensois, en forme de prisme déformant, peut-être même du bord de mer, en suivant l'axe sud-est nord-ouest à l'autre extrémité de la France. Ainsi ce pays refuge des handicapés, où nous n'aurions pas fait injure, ni ombre ni ombrage, sans tacher l'huile. Fût-elle même de vidange, et d'essence de sassafras.

Quelques heures de sommeil, après un aller d'une seule traite. Puis le retour.

ALINE

Nature plus liberté : ces ingrédients accentuent toute leur saveur quand on additionne vacance et voyage ; égal beauté, santé, diététique. Il me plaisait de dire généralement à qui voulait m'entendre : je ne veux pas être rentable, mais optimal. Le coup d'œil d'Aline avait été optimal, et perché très haut sur les accords d'un prélude. J'étais sur le sable, le bras replié comme une cale, tourné vers elle. Quelques secondes auparavant, j'étais allongé de tout mon long, sur le dos, les yeux fermés, la laissant tranquillement faire le tri dans ses affaires, juste le temps qu'il faut, pour ne pas la déconcentrer, et pour ne pas laisser imaginer que je pouvais m'intéresser à autre chose qu'à sa beauté.

Ainsi donc le moment était venu. Juste l'heure. Pas celle sur laquelle j'avais tablé, mais la sienne bien sûr, et ses petits arrangements d'emploi du temps, qu'elle avait concoctés. Dans ce domaine, je ne pouvais me substituer à elle, elle avait un ressort en elle, et nous ne pouvions pas faire jouer ce ressort de concert. Je ne connaissais d'elle qu'une heure, une heure et demi tout au plus, peut-être deux s'il y avait eu un intermède de natation, soit de son fait, soit du mien.

Pourtant je n'étais plus sûr de rien. Pas tout à fait certain que le temps fût aussi chronométré qu'il dût l'être. J'avais fait mes comptes. Mes petits comptes, tandis que mes oreilles restaient sur le qui-vive. Ma petite comptabilité à la Pierrette affranchie, dès lors qu'Aline, par le truchement de ce couple de compagnie avec lequel elle était restée une bonne partie de son temps, m'avait initié au délit. Pourtant il existait un trou, un trou énorme, un trou aéré et parfumé, une irisation particulière dans cet oeil tout en malice de joyeuse Pythie, un flottement doux et imprégné de quelque un quart d'heure, vingt minutes.

Aline levait le camp un peu bien tôt me semblait-il. Pourtant, je m'étais dit que j'assisterai au scénario prévu. J'avais calculé le temps où nous resterions ensemble, et me disais en disposer encore avant qu'elle ne s'en aille. Elle me prenait donc à contre-pied, sans que je m'y attendisse, ni eusse songé à un retour progressif aux attitudes convenables, puisque, pour ainsi dire, après ce plongeon dans l'anonymat, non pas de l'uniforme comme on l'entend ordinairement, mais au contraire anonymat de la nudité, toutefois celle des autres, pas sa nudité intégrale à elle, elle repartait comme un seul homme vers le monde séculier, textile, temporel.

Son bras était encore lesté avec au bout son sac de plage, son épaule tout de guingois, comme affaissée, sa tête inclinée, qu'elle me destinât ce second coup d'œil encore plus appuyé.

Aline s'était imposée à mes yeux ostensiblement. Juste un peu en retrait du couple de gens d'un certain âge, respectables, grisonnants, la dame textile, lui naturiste, installés sur des sièges de toile pliants, elle causant, lui lisant quelque revue. Allongée sur le ventre, immobile, la chevelure aux reflets soyeux frissonnant dans son dos. Certaines jeunes gamines sont ainsi tenues un peu à l'écart, juste ce qu'il faut pour qu'elles vivent leur vie. Et quand elles ne sont pas importunées par un petit frère ou un petite sœur, elles ont souvent des pics d'attention inexplicables, comme réveillées en sursaut, et leurs regards mitraillent quelque bande de jeunes garçons, dont elles seules ont su décoder quelques bribes de conversation superficielle. Seulement Aline était une belle et jeune fille en pleine possession de sa maturité.

Dans le même mouvement, elle me révéla son visage, et libéra sa poitrine du poids de la fine bretelle qui déjà lui était tombée sur les bras. Elle dégagea en souplesse le tout de dessous elle, enfouissant le maillot dans le sac de plage. Elle se mit un instant sur son séant, réajustant son drap, m'illuminant de la rondeur pure de ses seins, leur grosseur et leur fermeté, leur harmonie dans ce corps travaillé en grâce.

Je la revis allongée, immobile, impersonnelle, comme somnolente au ras du gazon qui lui grattait le nez. Elle eût un geste pour se passer le doigt dessous. Ses cheveux bougèrent à peine. Elle revint à son inertie de morte, de recluse, dans l'obscurité voilée et tamisée du sable. La taille était bien prise, les hanches bien incurvées. Le slip, à teintes dominantes vermeil et bordeaux, épousait avec élégance ses fesses. Une ligne de nymphette dans un corps de déesse, un éveil épanoui et sensuel de muse dans un corps de nymphe. Toute allongée. Comme revenue de loin, doucement et progressivement réanimée, après l'épuisement bienheureux d'un magnifique orgasme. Encore sous le choc, toujours sur le coup, mais obstinément déterminée à conquérir le repos, à éluder les questions, à ignorer ce qui se passe autour d'elle, comme entêtée et à ne pas prendre avec les pincettes, avec l'humeur d'une morosité d'un petit matin douillet dans une main encore mouillée.

Je ne savais plus ce qui fît qu'elle fût à un moment donné debout. Et c'est alors et alors seulement que nos regards se sont croisés. Non pas que je présentais un intérêt, mais elle me découvrait comme étant là, m'étant installé là, avec mon barda, à deux enjambées à peine d'elle, ayant élu demeure, sur une plage pourtant moins fortement achalandée que d'ordinaire, à proximité de ce couple de vieux avec minette.

Elle dut interpréter l'état de concentration où je me hissais, comme un gage de virilité, ou tout au moins un sens pointu de l'intérêt que je lui portais. Eût-elle été sûre que ce fût bien son regard que mon regard toisa, son beau regard chaud et luisant d'andalouse, qu'elle n'eût pas été mieux satisfaite, et la fierté de sa juvénile vanité flattée, vu que mon regard, par un effet de coquetterie, de strabisme, ou simplement de flottement ou d'éblouissement, avait percuté ailleurs, oh pas très loin, mais juste assez pour atténuer l'ardeur inhérente à l'œil en état d'extase, et dans la foulée refroidir à vue d'œil à mesure qu'elle crut que je ne la regardais point elle seulement exclusivement, mais autre chose d'elle-même, qui n'était pas pour la frustrer ou lui déplaire à proprement parler, et faisait de moi un dominateur d'occasion d'appoint et à la bonne trempette, le meilleur qui se fut trouvé après tout alentour.

Comme surprise par un objectif qui vous fouille de loin, ou revenant sur ses pas quand au détour d'un entrebâillement de short dans le maquis des sexes exhibés, elle crut voir un slip rayé, et qu'un chaton qui y est né, verra des bouts de ficelles partout, elle se campa face à moi, de toute sa hauteur, les bras ballants, comme happée par l'appel du large, le nez au vent, humant convulsivement les relents d'odeur de pourri qu'elle n'identifiait point ou identifiait mal. Elle humait avec difficulté, se sachant ballottée. Sa poitrine inerte se désolidarisait au rythme de sa respiration heurtée. Le soleil dorait uniformément sa peau, et ses deux globes puisaient toute leur luminosité intérieure de l'éclat général de son corps délié et harmonieux. Le slip bien tenu en laisse me remit un peu de mon ébahissement. Les grands mouillages dans ma bouche, mes hâves narines, et mes paupières qui plissaient de plaisir aux rebonds de sa jeune gorge, firent à ma juvénile poitrine l'injure qu'elle méritait, quand ils eurent enfin les seins d'Aline pour repères. Je n'étais pas en terrain neutre. La prairie était belle et grasse, le bocage verdoyant. Aline sentait de partout la fille du Nord-ouest, la jeune femme en pleine possession de ses moyens. Aline n'imaginait point qu'on pût à ce point l'aimer, aimer sa poitrine, aimer ses seins, ses deux beaux nichons de belle plante, sa grâce bretonne ou normande, ses vols au vent picards. Elle se connaissait la fougue des plus méditerranéennes. Et elle voyait réfléchir dans le miroir que je lui tendais l'amour simple et tendre des zones intermédiaires, celles qui ne sont ni du Sud, ni n'émargent au grand registre des blondes et lumineuses constellations du Nord de l'Europe. Une fille d'à côté de chez moi, comme j'avais l'air d'un garçon de pas loin de chez elle. Peut-être une belge. Tout au plus une parisienne.

Elle m'avait vu en état de choc : c'était visible, c'était tout vu. Et son regard arrêté et amusé à la fois était éloquent. Bien que je dus connaître, quand il fût l'heure dite où elle devait prendre congé, un regard mille fois plus arrêté, et mille fois plus amusé. Qui la chargea d'une puissance d'attraction hors du commun.

Elle s'était aperçue que ses seins m'avaient littéralement subjugué. Elle m'eût tendu un filet, que je n'eusse pas frétillé autant dans sa nasse. Elle en sortait flattée. Ma ficelle enroulée prêtait à confusion. Elle parvint à imaginer en moi un parfait amateur, en dehors de tout ce parterre de fleurs fanées. Ma gerbe était encore crépue et tenait le haut du pavé. J'eusse accouru à ses pieds, ça se voyait. Il fallut tous les parfums fixés dans une moustache pour me dégager de son odeur de sainteté. Ma main, en me bâillonnant, trahissait mon émoi. Elle se fut sentie avec un petit frère qu'elle ne se retînt pas. Le bielle en coulât. Une pluie de bonheur emprunta ses étincelles aux fins diamants du sable.

Déjà alors, je ne sais plus si c'était elle qui s'était arrêtée sur image, ou si c'était la plage toute entière qui m'abandonnant, me livrait à moi-même, me brisant les entraves. Je libérais le fond de culotte, et m'absolvais en bon moine.

Je me tins assis, droit, soutenant son regard de grande sœur. Elle déballait ses deux plots liturgiques, prête à y laisser baver sur présentoir le suif de ses bougeoirs. Une ou deux fois elle devait s'enduire le corps de crème solaire. Mais toujours, même une fois penchée, ses seins suivaient le mouvement de sa grâce : rien ne rompait leur rotondité en même temps que leur redondance. Pas un iota de mon attention soutenue ne leur manquait. Rien, dans le panel alentour, ne les disqualifiait, sur la place des champions.

Elle se reprit, et s'allongea pour bronzer, d'un côté, côté plat cette fois, ventre assouvi, comme sur une dalle funéraire. Ses seins avaient amorti leur volant de réserves. Rien à peine, ne s'était écrasé. Elle reposait en gisante, yeux clos, me laissant pour longtemps aux marquages de mes repères propres.

Je jouais un peu, somnolent et un poil désabusé, à Saint-Laurent sur son grill. J'interpellai le sauveur des martyrs, moins pour le remercier, que pour laisser glisser mon âme à lui, comme souvent quand m'étreignait le bonheur brutal et complet d'une nature envahissante. Je dus aller au moins sans doute une fois me libérer de l'impact obsessionnel d'Aline sur le cratère côté soleil de cette lune de miel. Je surnageai dans ce bénitier divin aux dimensions du ciel, pissant de plaisir dans le slip que j'avais emporté. J'oubliais moins Aline que je la savais en réserve, dorénavant définitivement sourde aux plaisirs courants, apaisée par mon absence, et me conservant tout juste pour le mot de la fin. Qu'allais-je pouvoir faire de mieux que je ne fis ? J 'avais été magnifique pour elle dans ma muette et puérile adoration. Même pas une poire pour la soif. Un solde pour tous comptes.

Là-bas, les yachts et les voiliers, écrasés de lenteur porcelaine et ivoire, épiaient la Voile Rouge dont on devinait l'animation contentieuse, comme des félins repus. Plus haut, comme pour donner le change sans le faire pour autant, pointant son museau câlin de " chocolat point ", le château de la Messardière semblait dénoncer à la cabale, les zones d'ombres du sentier littoral. Les Salins suivent et ne se rassemblent pas.

Je revins par la terre ferme, surprenant de derrière la belle dans la posture de l'insémination. Elle avait à peine changé, modifié ses écarts. Elle reprit sa pose secrète, me bottant le cul à sa manière. Je la savais, je la sentais, comme plus soulagée, apaisée. Tout pouvait reprendre son cours normal. C'est-à-dire, elle devant, et moi derrière.

D'où venait que le couple ne lui adressait pas ou peu la parole. Etait-elle punie ? Trop pimbêche, trop pignouf ? Un couple comme il en existait beaucoup sur la plage. A la fois très ressemblant, et totalement différent des autres. De très bonne tenue. Pas braillards. Pas d'amis alligator qui viennent ajouter à la confusion. Pas de chiens qui ne peuvent pas se sentir, ou de moutards enrobés de diabète. Pas d'ancêtres décharnés et veineux, ni de chaises roulantes pour la petite dernière. Rien. Sortaient-ils du lot des gens du non-voyage qui émargeaient, papillons détachables, au registre du camping de luxe d'à-côté ? Des sortes de belges, tranquille, bien assis sur leur confort, brillants, assez intelligents.

Quand ils sont partis, abandonnant leur effets au soleil, au demeurant peu regardant sur l'avenir de leur panoplie de pacotille, c'est vers le parking qu'ils se sont dirigés. Des gens d'ailleurs donc. En location, ou en propriété dans une maison ou un appartement, quelque part dans la presqu'île, peut-être de plus loin : Sainte-Maxime, Cavalaire…

Ce n'était en tous les cas pas au terrain de camping qu'ils se rendaient. Ceux qui s'en retournaient, avaient une démarche lente de mutants, enfonçant leur nu-pieds dans le sable comme dans des galeries à grands coups de grisou, ou les carrières des Buttes Chaumont, à croire que c'est le Styx lui-même qu'ils foulaient. Comme pour Saint-Tropez elle-même, abandonner la plage, c'était se condamner à n'apprécier la vie qu'en orphelin.

Il n'y a guère qu'Aline que j'ai vu se rendre d'un pas allègre dans l'enfer de Dante !

Rêvait-elle à A quoi rêvent les jeunes filles ? Ou à Aqua et aux Destiny child. Moi, je rêvais sans doute aux sons du reggae qui nous parvenaient de la paillote du Kon Tiki. La moitié des USA était en flammes, le concorde s'abattait sous l'œil insane d'une caméra de seconde main, la Voile rouge était en cendres, la plage de la Ponche enfumée par l'incendie d'un bateau de plaisance. Des belges. Toujours des belges.

Je ne savais plus si c'était avant ou après. Avant le départ du couple. Ou après. Peut-être avant et après. La plage était plus clairsemée à ce moment. Nombre de gens étaient partis manger. Beaucoup étaient scotchés à quelques pages plus loin, de toute façon. Je n'avais pas à les craindre comme témoins, comme je n'avais pas à prendre à témoin le couple de belges. Je me tins tranquille, et pas du tout âge ingrat.

Aline, elle, forcenée à sa manière, quitte à bouffer des pissenlits par la racines, s'octroyait un âge ingrat, fût-elle plus adulte qu'il y paraissait. Devais-je la sentir, donc le savoir et en tenir compte , rétive, indisposée par ma présence et mes regards qu'elle devinait insistants, la détaillant. Pourtant, hormis son immobilité hallucinée, et peut-être même un peu rosse et ahanante au point où ses amis assis à l'écart se détournaient d'elle résolument, rien ne laissait présager qu'elle eût pu m'en vouloir ou m'en tenir rigueur. Seul moi, je tenais à ce qu'elle en veuille et balise la route, aussitôt, baissant la garde, qu'elle craquait, et en venait à regarder dans ma direction. Bien sûr trop rares à mon goût, ces temps forts, ces tacites turpitudes. Je persistais à croire, la voyant imperturbablement sacrifier au rite du retourne-moi-ci, retourne-là, les yeux fermés et les mains inemployées, qu'elle était plutôt chagrine de m'avoir à charge dans sa sphère ionisante.

Pour moi, c'était équivalent : elle se faisait dorer au soleil la peau du tambour. Une fois à plat, happée par le sable, enlisée dans le tablier d'une mère qu'on enlace, une autre fois sur le dos, en n'en ayant pas pour autant plein de moi, apparemment insensible, détenant tout ce qu'il lui faut. Elle accueillait le ciel qui lui ouvrait ses bras. Elle observait à la lettre un itinéraire qu'elle était seule à connaître. Aussi longtemps que rien n'indiquât qu'elle se plût avec quiconque d'autre, de mon sexe ou non, sur la plage, sans prétendre espérer une ouverture, elle restait visuellement ma chose, et mon plat de côtes en flottait d'aise.

Même son apparente mauvaise humeur, que je sentais bouillonner dessous le couvercle de sa marmite, plus se durcissait sa carapace de plagiste semi ou bi au choix, plutôt que déjà queer qui s'évertuait à n'être que Mademoiselle tout le monde, avait l'avantage d'être à portée virtuelle en sonnant creux, et coupant court, et si personne n'avait jusqu'à présent été amené à la reluquer, elle-même n'avait pas cherché à s'inscrire, se frayant un chemin de croix, dans la malsaine évaluation de coin d'œil qu'immanquablement Monsieur et Madame Tout le Monde étaient amenés à faire.

Hormis la considération sociale, bien sûr ! Et encore ! L'occasion survenait comme un express plein gaz, sur fond aveuglant de sueur mêlée de lait qui perlait entre mes cils. Un mouvement se fit, juste à côté. Contre toute attente, un homme de la quarantaine, poli et sympa, pas trop mal de sa personne, et qui légitimement adressait à Aline les clins d'œil complice de rigueur pour son sexe, et il eût été en droit s'il était debout tout contre elle, debout également, de lui faire en guise de plat, du tape-cul insolent et impudent ; en hommage à sa jeunesse respectée et sa beauté appréciée à la bonne jauge ; et un couple de femmes, une plus âgée que l'autre, firent un mouvement tournant, comme un pigeon en situation d'approche, en position de conquête, et campèrent dans les jambes du couple assis. Ils les entreprirent. La conversation était calme et pondérée. Aline, d'abord restée allongée, calée sur son bras, après avoir avancé une main molle assortie d'un sourire poli aux nouveaux venus, fut amenée à se redresser puis à se relever tout à fait, en souplesse et en toute simplicité, campée sur ses jambes longues et, sans minauderie ou fatuité aucune de ses chevilles à la cambrure des reins, en proportion parfaite aussi à l'harmonie de son dos, attentive à sa ligne et à son régime ; puis à surnager comme une ondine, repoussant la vague de sa chevelure soyeuse d'un revers de main. De derrière où je me trouvais, ses gros seins altiers qui se maintenaient bien, offerts en toute humilité, sinon en représailles, à la compagnie maintenant en grande conversation, achevaient de soulever les masses, malgré que pour ma part, je n'en perçusse qu'un seul à l'horizon de son épaule brune.

Elle était restée imperturbablement en retrait, alors que le couple assis s'était levé, puis a du un moment se rasseoir, et se lever encore. Ce n'était pas uniquement de son fait, cette mise à l'écart. Un champ magnétique particulier émanait des autres qui semblaient la cantonner à la périphérie de leur sphère. Fallait pas toucher. Regarder de loin. Rien n'indiquait pourtant qu'elle était à prendre avec des pincettes. Elle était enjouée, fleurette, ça se devinait, bien que rien n'en laissât transparaître. Il eût suffi de faire le premier pas, d'aller au devant d'elle, et hop : la main aux fesses ! Elle se serait pliée de tout son corps, et à tous crins, serait partie à rire aux éclats. Poursuivant les incongrus des sortilèges de son ovulation.

Malgré que cette distance semblait accentuée plus encore sous l'effet capteur de plusieurs années lumières, il n'en était pas moins inespéré que la conversation, abandonnant les enclosures des banalités courantes de sommeil, de bonne chère, d'itinéraires, d'arrivées et de départs, se mit à rouler sur Aline elle-même. Aline n'était pas l'enfant, ni l'enfant adoptive, du couple de belges : pas une enfant de vieux en somme ! Elle était là, là avec eux, pour des raisons que je ne compris pas, que je n'avais pas cherché ou songé réellement à comprendre, et les eus-je entendues, qu'il m'aurait été impossible, vu mon absence totale de présence d'esprit dans ce recours contre tiers, de les conceptualiser.

Ce que je retins par contre, c'est que c'était son dernier jour, demain elle ne serait plus là, c'est ce soir qu'elle devait partir. Le temps qu'elle a passé avec ses vieux a du être précisé, le temps qu'il leur restait à eux aussi. Si le départ était prévu de longue date, également. Les raisons de leur séjour commun devaient aller de soi, apparemment.

Il me restait une impression vague : moins qu'elle fût une petite fille qui était allée rejoindre ses grands-parents ou, moins encore, qu'elle fût partie en même temps qu'eux ; moins aussi, mais plus approchant peut-être de la réalité, une sorte d'étrangère, allobroge en tout état de cause, fille de l'occasion ou du voyage, enfant de l'émigration qui sait, de pays ou de classes sociales ; qu'une sorte d'étudiante en définitive, d'élève même, de bachelière peut-être, toute fraîchement diplômée, et récompensée par un séjour avec grand-papa et grand-maman, ou l'inverse en revanche, une sorte de recalée, mais qui en coulait quand même des jours heureux sur la côte, et qui devait songer au retour, au bachotage, à l'oral, ou aux U.V. afin de compléter quelque licence du supérieur. On la sentait au fond plainte. Comme pestiférée. Ou en état d'apesanteur. Comme les derviches. Emplis de considération admirative et fervente pour elle. Fallait la laisser sur son petit nuage. Avec son auréole. Evoluer dans le cercle de ses aréoles, qu'elle avait bien brunes, et où son regard ricochait pour aller reluquer plus loin son adorable nombril dans une configuration pré-alpine, en position bien placée aux semaines commerciales du Nombril du Monde. Elle eut le long de son corps un geste de contenance, et se penchant, se creusant toute, elle fit une bonne réception, tout en rouages bien huilés, sur son drap de plage, où elle reprit son poste de plonge, laissant la conversation des grands dériver encore un peu plus.

Quand la conversation eut épuisé ses charmes cachés, elle serra des pinces et des paluches, se redressant à demi, peu loquace, même pour l'homme qui eût mérité plus. Les refoulements de la marée se dispersèrent. Le calme revint un peu. Mais des commentaires, moins branchés, ne se firent pas attendre. Aline n'y prit pas garde, et s'élança même vers la mer. Elle se contenta d'une trempette et refit vite irruption, s'acheminant nonchalante et à pas mesurés, toute embrunie sous le soleil et souriante. Elle porta à sa bouche avec empressement et recueillement sa serviette immaculée. Puis le papillon blanc d'un kleenex. Elle épongea son museau, d'une narine l'autre, en repoussant même le bout du nez, qu'elle avait retroussé.

Maintenant me revenait dans les oreilles les extrapolations à n'en plus finir du rhume d'Aline. Faut dire quelle en avait pris la route comme beaucoup d'autres. Je m'expliquais maintenant sa torpeur, la retenue contre nature qu'elle imposait à ses penchants aux blagues en tous genres, aux gaudrioles et élucubrations dont elle était friande, le carcan enfin qui la terrassait. Elle était au pic d'une concentration prudente. A en enfouir le nez dans le sable et ne plus respirer. Le rhume compromettait beaucoup, et annonçait de la perturber pas mal. Fallait un prompt rétablissement. Et son nez qui la démangeait !

La séduction dans son faciès tenait à l'ergonomie de sa mâchoire. Le rhume et l'irritable torchée du nez qui l'accompagne avaient mis en lumière le deuxième élément qui avait fixé mon attirance pour elle. Rien de déséquilibré pourtant, pas de mâchoire proéminente. Rien d'une guenon. Pas de menton en galoche non plus. Quelque chose dans le bas du visage sans aucun doute. Mais était-ce la partie nasale ou la pulpe voire la poulpe de sa lèvre inférieure. Sa bouche était bien close en tous cas. Rien n'autorisait à dire que les fosses nasales encombrées obligèrent sa bouche à rester béante, comme interdite et stupide. Pourtant le nez droit, plutôt court et retroussé, que grand et énergique, semblait tirer à lui la lèvre supérieure en dégageant un bec qui améliorait l'ouverture toujours bien venue à la bouche performante, d'une nageuse qui entre et qui sort tel un bouchon flottant dans sa brasse coulée, véritable ventilateur, ou plutôt, authentique pompe, pour celui-là même qui, la précédant sur le dos, lui ouvre le meilleur de ses jambes, appliquant son propre rythme au sien, dans la figure imposée virtuelle d'une fellation bien ostensible et plutôt bien ressentie. Dans ce genre de bouche la dentition est forte et parfaite, et le sourire éclatant ; peut-être un peu incisives de lapin : ça n'en donne que mieux à la rêveuse le regard préoccupé.

Ou alors la lèvre inférieure. Dont la pulpite purpurine se disputait la suavité, le papillotage les titillements d'un filet de salive âcre comme le nectar d'une angine bénigne, et dont le tirant d'eau avec le vague à l'âme emmenait bien en bateau. Tout était bon chez Aline, et rien n'était à négliger. Un rien gonflait la lèvre inférieure, lui donnant ainsi un peu de bajoue. Du coup, chez elle, les rires trop impétueux et intempestifs s'enlisaient et se métamorphosaient en bonheur de vivre, ou en amicale ironie. Et, dans le même temps, ses yeux couvant une braise intérieure se déchaînaient en se déversant. A l'inverse les explications trop magistrales et trop graves qu'elle était amenée à exprimer, s'allégeaient en surface, comme du beurre de régime, et perdant un peu de leur fatuité et leur faconde, se livraient dépouillées forme et contenu, tout simplement, et s'abordaient en douceur, sans jamais armer les cœurs, ou les circonvenir.

A l'intérieur, on devinait des canines dont elle songeait visiblement adoucir le mordant sous son aile protectrice de mère poule. Comme l'écureuil, elle y mettait toutes ses réserves pour la vie. Qu'on ne lui dise pas de mordre, car excédée, elle ne lâchera prise !

- Tu peux nous rejoindre à trois heures et demi si tu veux. D'ici trois quart d'heures, ça va ?

Devait-elle y aller obligatoirement ? Y allait-elle pour déjeuner ? Pour faire ses adieux ? Elle avait un transport en commun à prendre sans doute le soir même. Demain elle ne serait plus là.

Elle reprit la même pose que précédemment sans autre forme de procès, tandis qu'ils repartaient. Il était difficile de mesurer le degré d'affection qu'elle avait pour ces gens-là. C'était une séparation sans crise, sans cris, sans intérêt même. Et cette indifférence laissait présager la facilité et l'aisance aux entournures, avec laquelle Aline allait les quitter le soir même, et s'élancer, libérée, vers d'autres rivages.

Non : son regret, c'était ici qu'il se jouait, sur le sable, dont elle aurait aimé mesurer le temps qu'il met à couler.

En agripper une pleine poignée. Sauvage. Intéressée. Ses mains impatientes. Comme le ver du nez, sa morve, ou le ténia à l'appel du lait chaleureux, elle tirait avec la plage toutes les images folles de son séjour.

Avait-elle seulement des murs et des rues à regretter ? Des plages et des rives. Des ports et des criques. Rien ne valait cet instant de bonheur, qu'elle allait emporter avec elle, le draguant littéralement, s'y préparant. En échange de quoi elle allait tout abandonner. Les plages, les mecs, l'esbroufe.

Avait-elle seulement eu des mecs, cette guerrière ? Elle reposait à deux enjambées de moi. Bien sûr, je n'eus pu la taquiner de mes pieds. Lui enfoncer l'orteil dans le gras des fesses. Lui faire jouer Hortense aux pays des lions.

Maintenant elle était seule. Elle se complaisait à l'être. Rien ni personne ne la percevait, les effets restés au sol de ses vieux appelés à d'autres ignares fonctions étaient même plus perdus dans la galaxie que les grains de sable. Ce n'était, tout au plus, qu'un couple réduit à deux silhouettes éloignées, et de dos, indifférencié en âge, en sexe, en considération sociale, non concerné. C'était derrière ; dans la direction où j'avais vu se diriger tout là-bas, sur le côté du Blouch désaffecté, les deux belges.

Inexplicablement, j'avais été attentif à leur départ. Aline ne leur avait manifesté aucun signe particulier d'adieu, puisqu'ils devaient se revoir, malgré le tour hypothétique qu'avait pris la proposition de la femme sur l'horaire à envisager pour leur rendez-vous tout proche. Peut-être un signe du menton, que je n'avais point relevé. Même des points précis et indicatifs tout à la fois, sur la séparation, sans doute vraisemblablement admonestés par l'homme ou la dame, je ne les avais point remarqués. Pourtant, délaissant un instant Aline dont j'auscultais avec les réflexes mécaniques, les éventuels mouvements internes, j'étais curieux de vérifier s'ils allaient se rendre au camping derrière, ou emprunter un autre itinéraire.

Maintenant, j'étais renseigné, mais n'en savais point le sens. Et je ne laissais point vaquer pour autant les méandres de mon imagination, sur leur avenir immédiat. C'était le parking qu'ils étaient allés rejoindre. Auquel cas, ils ne pouvaient que s'éloigner des plages de Pampelone, et mettre un temps appréciable pour rentrer chez eux. Je ne me posais même pas la question qu'il ait pu y avoir contradiction entre un départ définitif, et leur effets de plage laissés sur place, ainsi que du peu de temps concédé à Aline pour les rejoindre si elle eût du réellement les retrouver en un lieu à des lustres d'ici. Fût-ce dans un restaurant de plage, attablés à l'ombre d'une paillote.

Cette idée fit crier un peu mon estomac, ou réprimer les gargouilles de mes intestins. Mon ventre était plat, et mon sexe exigeait un peu plus de considération. Je le déliais un peu de mes cuisses serrées. Le soleil, sur sa pente descendante, derrière moi, cuisait un peu plus mon dos, et le creux de mes genoux. Déjà, à l'extrême pointe des fesses, juste là où elles s'incurvent à leur horizon, les rayons avaient aligné leur tir groupé. La trace de son fouet me piquait encore, comme devaient démanger le nez et la gorge d'Aline, qui s'était mise sur son séant, pour reprendre sans doute une louche de morve, et dans un réflexe de coquetterie, de n'en tenir aucun compte à vue, l'urgence et la précipitation bien comprises et maîtrisées, et comme rentrées et rengorgées, constituant un bon angle d'attaque, le meilleur moyen de ne pas s'en laisser accroire, et avec la fermeté et la détermination d'une démarche homéopathe, de clouer le bec aux tensions internes, puis faire disparaître le mal dans un écoulement interne en profondeur, provisoirement lénifiant, du flux de salive.

Elle s'essaya à endosser des lunettes noires. Et se cala face à moi sur son bras replié, qui écrasait son nez et son nouvel appareillage optique.

A peine ai-je eu le temps de faire les repérages d'usage : la fouille minutieuse des dessous de parasols derrière moi, et l'appréciation du qu'en dira-t-on en direction des plagistes non-textiles, derrière elle, et au-delà de nous ; elle avait tourné la tête, m'obligeant à bien me reprendre, au passage de deux vieux plagistes décharnés, et à entreprendre d'épier le moment où, après la pluie le beau temps, elle eût fait revenir le balancier vers moi.

En attendant, je me renvoyais seul l'ascenseur, m'imaginant avec jubilation qu'elle était déjà en posture de me reluquer, et fit épanouir d'un retour de main, le petit sac en grande effervescence de mes testicules au fond d'œil sous tension, rosi mais sans excès par un soleil en l'occurrence pas trop regardant. Je ne pouvais pas cette fois jouer à la dame, et absorber dans l'étau de mes jambes serrées, l'ensemble verge ou queue de vache, ne laissant apparent qu'un pubis charmant certes et équivoque, et en définitive bien peu parlant, mais au contraire récupérer le tout de derrière à l'avenant, et pointer pénis sur ses airbags.

Je l'avais plus pressentie qu'interceptée de plein fouet et en grande tenue, déjà lassée de son exil momentané. Là-bas, de Neptune jusqu'à Tahiti, rien ne transpirait, et la plage était sans aspérité particulière, sans écran brutal rompant le rayonnement de la mer. Il eût fallu avoir un grossissement de huit incorporé dans l'œil. Les saillies certes identifiables de loin, se confondaient dans le détail trop informe et flou du décor. Même la fumée noire qui courrait comme un lent troupeau au dessus des Moulins n'avait aucun intérêt pour elle.

Mais l'intérêt par contre, pour moi, était tout trouvé. Plutôt suscité deux fois qu'une. Mais bien fallacieux et préfabriqué en fait. Comme elle avait pu vaguement observer derrière elle, ce que moi je supposais qu'elle vît de ce qui s'étalait devant moi, elle en venait à mater devant elle, j'espérais bien autre chose, de plus proche et prioritaire dans l'urgence, que ce que je m'évertuais par un réflexe de dissimulation tout puéril d'observer avec une précision d'orfèvre, d'arpenteur, d'urbaniste, derrière moi. Déjà lorgnant à vide derrière moi, dès lors que je devinais qu'elle me regardait en plein fard, je pus jouer sans l'obscénité désavouée du maniaque, les filles de l'air, ou le garçon d'honneur, puisque je venais à peine de quitter un sexe pour l'autre le temps d'un rétablissement complet. Simple geste de plage. Réflexe naturel de nudiste.

Je la regardais. Son immobilité de sang-froid n'avait d'égal que la portée générale de ses lunettes noires. Elle tint ferme dans la pose le temps que déjà j'avais laissé filer faussement pudiquement la mienne comme un bas résigné. Peu après, elle se retourna, me confinant du même coup dans l'expectative muette et alternative d'une perplexité orpheline. Je vérifiais, pris à rebrousse-poil, ce qui fit pendant à mon revers : si le paysage devant nous, elle devant et moi derrière, n'avait pas gagné en intérêt le temps de notre échange. Non. Cependant, elle revint vers moi, tirant la couverture, créant l'évènement, et se remettant sur son séant, elle se déchaussa de ces lunettes et les abandonna dans un coin de son tapis de fakir.

Elle préférait livrer une bataille à visage découvert, m'obligeant à mettre bats le masque. J'accouchais en effet en cadence, préconisant une cotte mal taillée, mettant la pression sur mon ventre, serrant les fesses, faisant brûler le torchon entre mes jambes qui s'empoignaient violemment. Tout est là. Et mes petits seins bien profilés de surcroît.

Elle repartit, avec son lot d'images entrevues et se renversant en arrière, à rêver post mortem, le nez mutin aux nues. Elle joua un peu à enrouler son slip de ses doigts agiles et caressants, comme si elle voulût en rattraper l'ourlet, tandis que ses jambes battaient une mesure hypnotique. Elle se raidit encore, s'agrandissant, face au soleil, et relâchant ses épaules, elle rompit sa nuque, comme pour reprendre un bouffée d'air frais, nez pincé, cheveux flottant comme une liasse remuée, après s'être adroitement laisser immergée.

Le calme revint. J'en profitai pour faire la ménade autour de moi. D'abord localiser les plagistes derrière moi, les déchiffrant en bon presbyte comme une " une " de journal par-dessus mon épaule, et sans faire un rempart imprenable de mon corps reposant de côté dans une position fœtale, peu orthodoxe chez les bronzés ; tout juste opposer, au vu comme au su, la palme jalouse d'une hanche bien prise à la taille comme une femme, je me recroquevillai assez pour qu'il n'y eût que nous entre elle et moi, que l'incarnation propice et opportune d'un foyer reculé, d'un point de fuite enfoncé, presque enfoui de notre intimité potentiellement commune.

Je tentai une première vitrine. Aline eût pu me donner du styliste en mal de fer de lance, quand de mon côté je la taxais d'aide ménagère. Elle se savait hors d'atteinte car très vraisemblablement pas objet d'intérêt fou, et par un effet de roulis, à intervalles réguliers, généralement espacés, comme une feuille de havane se rétractant délicatement à la prise irrésistible qui lui montait des narines à la tête comme un poppers, avec la chance de se sentir happée goulûment par des langues de feu, elle entretenait un influx qu'elle mesurait invariablement à chacun de ses passages et repassages obligés.

Je jouais les prolongations. S'il se fût agi d'observer les règles, et de figer l'écrasant appareillage, j'eus plus jeté l'éponge que ma gourme. Je passai le seuil égratigné et comme un chasseur, passé sa porte à tambour, je ne trouvais de mieux pour haranguer sinon les foules, tout au moins " la " cliente, que l'invective d'un zéro pointé, et le chahut d'une surface de réparation.

Il était impératif qu'elle se rendît compte que je me hissais sur une corde à nœuds, qui risquait de m'incendier sitôt que je l'eusse relâchée, et qu'elle en craignît d'y perdre son slip dans la mêlée. Nul volatile bagué ne fut plus plombé que moi. Je tenais à me porter aux nues et à y rester. Elle comprit que je venais autant dire à elle, et que j'eusse pu l'entretenir d'arrache-pied, quitte à la faire blêmir de confusion de ne pas glisser au mieux sur les peaux de banane quand il s'agit, pour arrondir les angles, de se peler l'orange.

Rien n'y avait fait, elle avait été durant tout ce temps, résolument textile. Et qu'elle n'eût pas lâché le morceau, la rendait inévitablement exigeante, faisait d'elle une institution. Elle était un miroir où les plagistes ne se reconnaissaient pas. Seul un isolé en mettant sur alarme ce charmant coffret à bijoux, pouvait tout en essorant l'excès de son inspiration, ramener l'écoute à un commerce parallèle. Elle avait fait de moi sa chose sans qu'il fut vraisemblable alors que je ne susse point qu'elle eût pu être la mienne.

Je lui faisais des signes cabalistiques de l'autre côté du guet. A elle d'y être sensible et valablement intimidée, car s'en imprégnant, elle s'associait à une démarche souterraine.

A chaque fois qu'elle revenait au charbon, elle y avait droit. Les coups de grisou n'avaient d'égal que les coups de boutoir. Elle restait sur le carreau, impassible. Les trains de marchandises ne passaient pas pour autant tous sur elle. Rien ne laissait présager qu'un crâne trépané roulât du terril.

Je jouais avec sa peluche d'enfant, les deux boutons brillants plantés dans le son. Je caressais un peu ce qui subsistait des plinthes mourantes, pour en dresser des chevalets et des lavoirs voués à l'implosion en série. Je mesurais à la sonde air ambiant et eau à la fois, pour qu'un blanc-seing délivré aux seuls initiés me soit confié au contact présumé de la purée de pois lyophilisé qui m'ébouillantait à trente sept deux, vers quinze heures quinze. La nage papillon un jour de lenteur obligeait à caresser au passage les furtives fesses des tritons et alevins en acrimonie, qui sourcilleux, ne manquaient pas de maugréer en un rejet de lavement buccal.

Jamais pourtant, je ne me branlais devant elle, ce qui m'était pourtant arrivé à maintes reprises devant d'autres. Juste que du revers de la main, j'attirai les foudres quitte à faire choir des tuiles, entortillai les mini tornades d'un pas décalé dans un mouvement enveloppant de doigts rigides, époustouflant sinon la compagnie des loups tout au moins celle des témoins de Javeh. Le Paradis, comme le bonheur, était là, bien près.

Elle se laissait glisser, incolore, aux parois du Styx. J'étais là un Mentor, amoureux de Pénélope. Toujours d'instinct, et par un effet bizarre de culturisme trop avancé, je rejetais, tout derrière moi, par dessus mon épaule, mes mirettes oedipiennes, sondant quelque potentiel dénonciateur, en un procès vague et prospère de Cerbères gardiens d'un jardin des vices, pour qu'elle pût mieux constater mes écarts, et laisser éventuellement infléchir sa volonté en direction tant de mes ébats illicites d'élément distançant le peloton, que de la mystique bénédiction de débats organisés en public.

Je ne jouis point, et ne cherchai point à en venir là. Qu'elle sût simplement que le terrain sur lequel je la confrontai, fût celui où je la tirai. Un coup dans l'œil, une pastille rouge dans l'axe sourcilleux du front. Que je la martelasse comme avec une papillote de boudin. Qu'elle se sentît éprise comme n'étant rien, ou si peu. Et que je jouasse un va-tout car tel était mon bon plaisir.

Je repris inlassablement le meilleur de mon cours. Le répétiteur en moi damait le pion au pédagogue. Je tenais l'enfant pie, et promettait mieux encore. La douce adulte rétrécissait à vue d'œil, s'ingéniait à bêtifier. Sous ses yeux clos, je sentais toujours la braque. Je sus la reprendre, et redresser ses torts. Ni bonnet d'âne, qu'elle eût ôter, ni règle de maître à taper sur le bout des doigts. Un rien déculottée, une claque simplement. Un peu décalottée aussi, son chaperon resté accroché aux épines des roses.

Je retrouvai mes marques et, jouant avec mon sexe, je précisai au mieux le sens de mon emploi. Vers elle et ses yeux clos, je tentai la fortune. L'amour m'importait peu. Trou de pitié je crains. Ses yeux cette fois s'ouvrirent sur une branlette certaine. Mais mon regard, avec ces yeux glauques que je me tapais, traînait encore loin en arrière. Elle eut du connaître à ce moment précis la force de l'envie, et ramener à soi, le fuyard invétéré. " Sois donc à ce que tu fais " " sache regarder une femme " " la détailler " " pense à ce que tu fais ".

J'avais été trop vite, trop fort, et c'était magnifique ! Mais à force de jouer la Sainte-Nitouche, j'avais laissé Aline dans un état second, moins sur sa faim ou un état de manque, que sur une soif inextinguible, que l'angine n'expliquait point à elle-seule. Cette interpellation inattendue et brutale du contrevenant par excellence même, du prenable en flagrant délit, avait la même charge émotionnelle que le crime dans tous ses ébats. Toucher si vite et si fort à la mort même, tenait de l'ivresse, et ouvrait grands des ciels inexplorés. Le tapage et le ravage pondéraient même la frénésie de sa gorge exaltée. Elle jouait sur du velours une carte déchirée. Eut-elle resté un jour de plus qu'elle se fût mise nue, ou eut usé de son maillot comme d'une braguette.

Aline se mit debout calmement. Se penchant, elle eût un geste pour rassembler les coins de son drap de plage. C'était bien dans les eaux-là. Elle était exacte. Il était l'heure, sans doute, pour elle de lever le camp. Ce n'était donc pas une plaisanterie, cette invitation du couple ami, bien que rien, venant de quidams que je ne connaissais point, ne pouvait avoir la force d'une certitude. Ce n'était après tout que des mots, qui m'étaient parvenus, peut-être à tort, aux oreilles. Je ne réprimais donc pas ce sentiment de ne m'être pas trompé. Surpris, un peu satisfait, mais surtout chagrin. Le soleil, comme mon humeur, ébauchait un repli vers l'ombre, et je me trouvais renvoyer, non pas à mes chères études, mais à une panoplie en solde, qui ne m'allait même pas.

Elle enfila par dessus son maillot, avec la grâce calculée de l'actrice, un petit short en fibres émaillées, évaporé et moulant, rose, et sortit de son sac de plage une sorte de témoin aux couleurs approfondies brunes et or, moins en forme d'éventail que de cylindre tout en cannelures, en lamelles rigides, un peu comme des tiges sectionnées et égales de roseaux reliés par un fil ou un trame de fils invisibles, le tout enroulé, les extrémités seules cependant plus coniques sous la pression légèrement insistante de ses mains expertes. C'était un vêtement d'été de femme, une sorte de bustier. Elle le passa par dessus la tête et, en en enveloppant avec précision mais pondération, et dans un souci évident d'en rajouter, ses seins généreux, elle l'ajusta.

Tandis que le reste des effets de plage était promptement ramassé et rangé, comme si un effet de précipitation s'imposait, qui m'eût laissé penser à un moment donné, soit qu'elle était lasse de cette exposition qui traînait en longueur, soit qu'elle avait pris du retard, elle me regarda une première fois, dans le même regard circulaire que l'on met généralement pour emporter avec soi un état descriptif des lieux où peuvent se rattraper certains oublis de justesse. Son regard était déjà, dans ces prémisses, intéressé, amusé, amical. Je ne pouvais pas m'empêcher de penser qu'elle s'y prenait un peu tôt à mon sens. Le temps avait été clairement balisé par le couple âgé : quelque trois quart d'heure pour la levée du camp, et nous n'en étions à peine qu'à une demi-heure. Elle allait de toute évidence arriver plus tôt que prévu. A moins qu'elle ne s'y rendait point et allait ailleurs ; ou encore libre de ses gestes et indépendante de nature, elle arriverait un peu plus tôt voilà tout, parce que c'était son bon plaisir à elle.

J'avais naturellement, avec la tête, baissé les yeux, et replongé à mon corps défendant dans mon programme de plagiste comme les autres. Cependant quelque chose me disait que je devais la regarder encore. Et c'était comme si l'appel venait d'Aline elle-même, qu'en me regardant peut-être la nuque, ou une dernière fois vers mon sexe, elle eût voulu que je me sache observé et sollicité à me retourner pour la considérer sous son plus beau jour encore une fois. C'était comme une évidence, un acquit immémorial, un droit imprescriptible. Ses yeux, que je crus voir bleus dans le choc, s'irisèrent en s'enflammant, s'enflèrent tout en palpitant. Elle semblait attendre, malgré qu'elle fût un rien incliné avec déjà un pied devant l'autre, elle de face et moi devant.

Aline s'était retournée une deuxième fois, comme pour m'attendre, ou m'ouvrir toute grande la porte d'une politesse amicale qui, sans que rien ne le signalât auparavant expressément, l'obligeait. Elle s'était, non pas reprise, en lançant un ballon d'essai ou un dé sorti de la gangue d'une toujours possible incertitude sur les motivations et prédispositions d'autrui, mais confortée dans une relation sociale, mondaine, amicale, voir affective, qui s'était plus que nouée, et qui existait sinon depuis toujours, tout au moins de longue date. J'étais de ses amis, bien plus que simple connaissance, et elle ne pouvait manquer de me faire des adieux appuyés, les seuls bien sentis en fait qu'elle eût à faire réellement. Il était vrai qu'elle m'associait à toutes ces choses dont elle devait prendre congé, certaines chéries et bien enracinées en elle. Pourquoi ne pas mettre les bouchées doubles. Exceptionnellement. Provocatrice dans un jet de va-tout. Me laissant médusé. Le solde de tout compte emportait le raclement des fonds de tiroirs, et ça faisait riche de tomber en plus sur quelqu'un de béni des Dieux, par la seule vertu de son impayable séduction personnelle, ou de son impudente auto-satisfaction. Son narcissisme.

Qui d'elle ou de moi, avait craqué ? Qui d'elle ou de moi fut le faire-valoir objectif d'une hallucination où l'autre était craquant ? Qui d'elle ou de moi avait, en penchant légèrement mais déjà beaucoup trop ostensiblement la tête en avant, et dans la foulée ébauché un sourire, fait pétiller ses yeux, laissé palpiter ses narines, chavirer les lèvres, béer la bouche pour libérer un imperceptible souffle qui tempérait en l'accordant une émotion tronquée, qui d'elle ou de moi, dans une trop grande instabilité inopinée et accidentelle des traits, qui garantissent ordinairement en même temps que l'équilibre du visage, celui du répondant du tac au tac ; ce qui eût pu être, ou pire, devait être, un signe d'acquiescement, eh Grands Dieux, quel formidable acquiescement et à quoi ! De merveilleux, de géant ! qui d'elle ou de moi, avait baissé la garde et amorcé un salut, un détestable salut, un vieux réflexe de dominé, une politesse de marmaille apeurée et sermonnée, que l'autre avait aussitôt amplifié bien sûr, impuissanté, et conséquemment les deux ensemble invariablement et involontairement bétonné pour une éternité de laideur, de médiocrité, d'ignorance, d'indifférence et finalement de mort ?

- Au revoir, enchaîna Aline.
- Adieu, pensai-je.

Il eût suffi que rien ne fût dit de façon aussi flagrante ; le geste avait corroboré l'adhésion : qui fait, dit. Pas de bonjour, ni d'au revoir qui tenaient. Car ils coupaient court, et obligeaient à se recroqueviller comme un ver dans un fruit. J'eus pu rester bien au chaud, sans me retirer. Afficher un visage sans émotion. N'être affecté somme toute, et le montrer, que par des préoccupations de juste allongement de mes jambes. Ou leur repli pudique tout au plus. Soutenir juste quelques secondes son regard, le temps pour elle de soutenir le mien. Dans son coup d'œil, elle pouvait tout simplement récupérer en un tour de main tout un lâché de ballons. " Notre petite histoire a eu du bon, c'était très bien ". Et son regard, derechef, eût mis encore un peu plus le feu aux pétards. Elle aurait tenu tout simplement à ce que je fusse bien imprégné du fait qu'elle n'avait été en aucun cas dupe, ni n'avait songé à faire l'autruche, savourant cette partie de sexe en l'air avec simplicité, naturel, complicité même, avec toute la savoureuse légitimité que j'avais su de mon côté lui imprimer, encouragé par ce qui avait émané d'elle et que j'avais à juste titre su décodé et faire progresser, obéissant et ayant pu avec opportunité déroger aux règles ambiantes de culs à la bonne franquette. J'étais revenu, dans le temps même où elle s'était de son côté, confortée dans un choix textile, au bon vieux truc du vice caché, de la promesse bien mise en chantier et incontournable, de délitement des cours éthiques et moraux, comme autant d'implosions d'immeuble en série. Une perspective déontologique qui, me passant par dessus la tête, essuyant un bras d'honneur, était bien parti, sinon avec l'eau du bain, à s'en torcher plus à la serpillière qu'à la serviette encore parfumée de lavande, dans un flux urinaire qui m'était passé chaudement à la raie.

Elle aurait tenu la barre tout cap nègre. Jouant de ses mirettes d'entraîneuse. " Tu es encore là à traîner ! Dépêche-toi, amène-toi ! " " ça y est ? Tu t'es bien rincé au moins ou comme autant j'ai été tenue en haleine ! ". D'abord comme une queue de comète et très vite, et insensiblement comme un ciel de traîne, Aline, qui emportait, en y mettant la dose, un sourire de satisfaction à mesure plus béat que son regard se détachant de moi allait se ficher vers un horizon indéterminé, achevant d'imprimer à sa silhouette une personnalité déjà d'un autre temps et autre lieu, par le renfort d'un sac qu'elle souleva d'un léger coup d'aile et fit pendre en bandoulière, serait disparue de mon champ de vision tout juste le temps d'une crise, d'un violent débat interne, d'un coup de foudre, sur le mode indolore et insensible bien sûr d'un andante tout intérieur.

- Mais qu'est-ce qu'elle me raconte là ? Me serais-je demandé. Elle nous fait quoi ! Elle fait ses dents ! Elle a des règles douloureuses ! Elle a laissé au vestiaire une petite culotte toute faisandée ?

Comme abasourdi, interloqué, je me serais retourné dans l'axe de mon corps soudain inexplicablement lessivé, mis à la décharge, vidangé. Tout juste inquiet d'un nouveau champ d'honneur où sommeiller. Qu'étais-je allé chercher en l'imaginant se répétant à elle-même qu'elle était comblée et satisfaite, et par considération pour moi, se persuadant qu'il n'en a pas été autrement pour moi, qu'il y avait eu satiété et rot révélateur tout à l'avenant, et que je pouvais, en me reposant sur mes lauriers et en m'allongeant sur mon coussin d'enfant, poursuivre un sommeil réparateur, où mon bronzage eût pu se peaufiner de lui-même sans que j'y eusse entretenu une main d'initié.

Elle était insatisfaite, c'était visible. Plutôt : je n'avais rien fait ou pas assez, pour qu'elle put être, elle si puissamment sensuelle, satisfaite. A supposé qu'il n'y eût pas l'ombre de l'échec ou de la frustration, c'était signe qu'il y avait à monter en marche dans un train, une suite à donner, une flûte où souffler la panique enchantée. Toute forte et déterminée, constructive et locomotive qu'elle était, elle aurait programmé son épanouissement personnel, sa jouissance hippique, et compté mener cette barque au large. Elle m'intégrait, me motivant. " Tu viens baby Child ! ".

D'autant plus que c'était son dernier jour, sa dernière heure, ses dernières minutes : ça pressait. Un petit jus lui eût suffi, à la limite. Une giclée, une traînée, tout au bord. Et j'avais fait preuve de tant de hardiesse, de celle qui caractérise les amoureux, quand en plus de leur sueur et leur yeux fous, ils montent au créneau et décochent leurs flèches à l'emporte-pièce, sans complexe. Et puis, elle m'avait vu jusqu'au bout : nu. Intégralement moi-même dans mon corps, même dans ses défauts et ses déviances. Elle avait un gage de retard. Elle ne devait pas être en reste. Elle aussi ressentait l'ardente obligation de faire voir ce qu'elle avait dans la culotte, comme je m'étais imaginé devoir lui montrer ce que j'avais dans la mienne, indépendamment de l'establishment naturiste ou nudiste, où tous se confondaient en art brut. Elle tenait à ce que je me rattrape. J'avais droit aux mêmes égards, au même schéma corporel dans ma soif de caresses et de découvertes visuelles.

Une idée me serait traversée l'esprit : vers où donc se dirigeait-elle ? Le couple de ses amis s'est dirigé vers le parking, passage obligé et payant pour les vacanciers qui affluent de ce qui n'est par définition pas le périmètre tout à proximité des terrains de camping juste là derrière les plages privées. Quant à elle, je l'aurais vue, si j'avais pris la peine de me retourner dans cet état d'esprit, avec ces nouvelles intentions, ce nouvel éclairage, après avoir eu un instant de curiosité pure, ne prêtant en aucune manière à conséquence, où je l'aurais une dernière fois reluquée en observateur muet et passif, et apprécié sa grâce canonique dans un genre courtisane tout à fait typique, de plombage des chevilles martelant la marche comme ces rythmes de Gilles en souvenir des indiens du nouveau monde, le port délicat et extra de son adorable short, sa démarche délectable de fille de dancing, le doux et savoureux chambard de ses épaules et de son sac de plage, le casque ailé de sa chevelure ; je l'aurais vue, décontenancé et bizarrement perplexe, se dirigeant tout de go vers le terrain de camping lui-même, qui se trouvait derrière la plage verte, en direction nettement opposée au parking. J'avais envie de lui crier : mais tu te trompes ! Tes amis sont partis en direction du parking, je t'assure !

Alors le film se serait programmé en vitesse rapide vers le début. Et j'en eusse amorti sa course par de percutants et édifiants arrêts sur image. Il eût alors été soudainement devenu évident qu'elle se proposait d'aller prendre une douche, la douche réparatrice et tout simplement d'hygiène, après les bains de mer et les couches de lait solaire appliqués sur la peau encrassée. Même si elle n'était point du camping, n'émargeant en aucune manière sur leur liste, et comme tout un chacun soucieux d'un bon rapport qualité prix, comme moi-même j'en avais eu la tentation et la faiblesse bien évidemment, il était commode d'utiliser intelligemment et à bon escient la promiscuité des aménagements collectifs de ce camping qu'elle connaissait bien, d'autant plus que ce pouvait être un but intéressant, presque un objet de plaisir, qui ne mangeait pas de pain. Tout en ayant l'air de ne point y toucher, on profitait de l'occasion inespérée de jouissances anonymes et déjantées des infrastructures du camping-caravaning. On pouvait voler un peu du bonheur dont paradoxalement les résidents en titre avaient plutôt du mal à se revendre correctement, compte-tenu que les contraintes inhérentes à l'obligation implicite de civilité se reproduisaient là, sur le lieu des vacances, même naturelles, à l'identique de ce qui existait chez eux, dans les espaces citadins et urbains. Et même quelle secrète fierté, non sans être mêlée d'inquiétude et de peur, à être en fin de compte les seuls véritables bénéficiaires de ces étranges ballets aquatiques, en prise et décalés à la fois.

Elle y allait en connaissance de cause. Et pour une bien bonne. Moi aussi je l'avais bien, bonne. Mais à la relecture de ce qui aurait pu être notre échange complexe, et absolument indifférencié, en guise non plus d'adieu, mais de séparation toute provisoire cette fois, j'en conclu qu' elle s'y était reprise en deux fois à me regarder, pour me signifier que je devais, ou que je pouvais, si je voulais, la suivre jusqu'aux douches et là elle me montrerait le meilleur d'elle-même qu'elle n'avait pas pu réaliser sur la plage.

Elle ne se retournait point et était déjà très loin du bord où les plagistes s'étalaient. Presque parvenue à l'orée de la plage, sur le point de s'engager résolument et presque en petites foulées, au pas de charge sans espadrilles, dans le vénérable camping.

La révélation se serait alors confirmée. Moins dans les cinq dernières minutes, que dans les quelques secondes qu'elle mit pour marcher jusque là-bas, à tant de secondes ou fraction de seconde multipliés par autant de pas, autant de mètre ou de fraction de mètre que correspondait un pas. Elle m'avait clairement appelé. Elle m'avait dit, crié, hurlé, sciemment, qu'il fallait que je la suive. Et j'étais là, sans réaction, à bâiller aux corneilles, à tester le suc des atermoiements.

Alors, très vite, j'aurais rassemblé en un tour de passe-passe mes effets de plage, les tirant presque à l'emporte-pièce, et me serais décidé non pas à emboîter le pas, car plus rien n'aurait été naturel, ou fut allé de soi, mais à en précipiter sans réfléchir le rythme, jusqu'à me mettre ni plus ni moins à courir, éperdu, jouant toute la mise d'une martingale, derrière elle.

J'eusse eu le sentiment d'être si orphelin, aidé en cela par l'énorme méprise dont j'étais l'unique et repentant fauteur, tel un petit garçon, courant après une mère qui se serait résolue à lui laisser accumuler dangereusement un retard taquin et frondeur en guise de représailles, ou mieux encore, comme telle jeune gamine chaperonnée par sa mère, persistant à faire l'enfant en public, ne se rendant pas compte de ce que les écarts involontaires de sa jeune féminité mettent en péril le bon ordre d'un contexte d'hommes seuls, se retrouve, après que sa mère eût exécuté sa menace de la laisser choir, la plaquant, et de l'abandonner sur place, se postant oh pas bien loin mais quand même à des lustres au-delà, en s'appliquant à ignorer royalement sa fille, se retrouve seule, sous un charme rompu, un vœu brisé, une torpeur dénotante, se rendant bien compte du changement dans l'ordonnancement des vêtements de ces messieurs, et après une très mature et prudente attente, une très patiente expectative, de rejoindre par étapes, soumise, calmée et éduquée, sa mère secrètement triomphante ; j'eusse eu le sentiment d'être si orphelin que, en dépit de ce que les plagistes bon chic bon genre, et bien chié bren, eussent été amenés à considérer comme choquant venant d'un homme de mon âge en direction, visiblement, d'une jeunette, ça se devinait vite, j'aurais couru au risque de me prendre les pieds dans le sac ou de perdre des effets, non seulement la distance qui couvrait la plage, mais aussi plus loin, celle sur le bitume brûlant des allées du lotissement des caravanes plein-pied affublées de leur petit parterre de devant comme de derrière, qui me rapprochait de l'aire de jeu lascif, où se démultiplient, comme en soufflets d'accordéon, les cabines à cette heure vides et grandes ouvertes.

J'eusse tout juste vu quelle cabine elle investissait. C'eût été sans conteste une des rares cabines, comme prédestinée, sans doute pour focaliser les amateurs, canaliser les déviances, où je savais qu'il y avait un poste d'observation idéal : un trou. Aline aussi, le savait, était une habituée, en était coutumière, peut-être même à heure précise ou intervalle régulier. Elle m'y avait amené.

Cependant, une fois enfermé dans la cabine que j'investissais à mon tour, juste à côté, j'eusse réalisé qu'il était dommage qu'elle ne susse point qui, tout de suite après elle, était entré dans la cabine fatidique attenante, du trou de la paroi de laquelle sans doute un mec allait la mater. J'avais été si vite, et il était en toute bonne logique impensable que le mec qui l'avait flashée sur la plage ait la présence d'esprit de tenter sa chance et la suivre jusqu'ici, qu'il ne pouvait s'agir que d'un quidam ; or j'eusse été très excité à l'idée qu'elle susse avec certitude qu'il s'agissait de moi, de ce mec là justement, et quelle en vînt par projection substitutive à jouer de ses charmes comme elle devait le faire bien vite, et moi-même de mon côté bien entendu, dans l'enchaînement du couplage ainsi mis en place, correctement et précisément identifié, et bien dans mes baskets sous tous rapports, me faire biser pour le meilleur de mes élucubrations.

Il eût été enfin urgent pour elle de me déballer son sexe, en reconnaissance de ce qu'elle avait vu le mien, au même titre que les autres naturistes certes, et c'était justice aussi, mais en plus en ce qui me concernait, avec une ostentation, une prise de risques supplémentaire, qu'elle était farouchement flattée d'accorder la palme en tout dernier ressort.

Dans le trou, j'en eusse senti illico l'urgence. Qu'elle vérifiât, dans une inclinaison subreptice du coin de l'œil le degré d'obstruction du trou, ou dessous la paroi surélevée, par un effet de réverbération de la lumière sur le sol mouillé, le jeu obscur, et délibérément obscène pour la part qui me revenait, d'une cabine l'autre, des ombres peu recommandables qui scellent l'adhérence forcenée entre la paroi et le sol comme en un pacte avec le diable tentateur, je ne le vis pas à proprement parler, et ne m'en préoccupai point.

Montrer son sexe tenait de l'urgence. Je le sentis comme surdévoilé, et en entrer en convulsion même d'empressement. Ce qui me fit penser qu'elle se doutait que ce fut en définitive moi qui me trouvais à la reluquer, à moins qu'elle n'en pouvait plus de ne pas avoir pu se dévêtir, pu se montrer, à moi, ou aux autres, et qu'elle se rattrapait ; ou encore, même s'il se fût agi à la réflexion, pour elle, de quelqu'un d'autre que moi, elle se remit dans les conditions où elle se serait réellement retrouvée avec moi dans les cabines.

Elle n'eût pas usé de la masturbation bien évidemment : c'eût été une déclaration bien poussive, un peu lourde, qui eût déclenché d'ardentes obligations pour le témoin présumé, qui il fût, moi ou d'autres, d'ouvrir des hostilités amoureuses bien moins inhibées et jugulées que celles normales en pareille situation, et pareille posture. Mais elle n'eût pas été non plus la docile image à voir nue, sous le prétexte fallacieux d'une toilette sommaire qui donnait le change. Elle caressa subrepticement mais avec suffisamment d'éloquence et d'aplomb, sa plaie, sous sa touffe bien taillée, faisant se retrousser ses lèvres cramoisies, le temps d'y faire mousser quelques bulles perdues, dans un geste puéril d'irritation feinte; elle n'omit bien sûr pas de se pencher, me rappelant au bon souvenir de ses gros seins qui pour lors pendaient comme sous une louve.

Il n'eût pas été impossible, comme venant d'une enfant moins avertie, et plus sceptique, qui se fût résolue à camper sur ses reins, telle une réplique dessinée de battante, à la Tony Braxton par exemple, bombant son ventre, en y appliquant tout au long des doigts pressants et enfiévrés, pour bien le préparer, et dardant soudain sa chatte impubère à un trou en grand effervescence, ne réalisant peut-être point, rien n'est moins sûr, qu'il existât ce trou, que parmi les flux d'eau qui coulaient entre ses jambes, se déversât un flux d'un autre genre, jaunâtre, qui ne se mêlait point, sinusoïdal, avec surtout un nœud juste après un ventre à la sortie de l'orifice féminin. Aline eût pissé debout, comme un homme, contre un urinoir.

J'eusse aimé alors avoir la langue tout autant que l'œil.

De mon côté, je m'eusse déchaîné. Sachant qu'elle savait, j'y allais à la bonne franquette jusqu'à l'ultime giclée, avec juste ce qu'il fallait de râle pour qu'elle l'entende, en prenant conscience de l'étendue de l'orgasme. Je fis subir ma hargne au pauvre panneau de bois qui résistait mal à mon charivari. Elle devait sentir la paroi vibrer, l'esprit malin la heurter. Rien ne transpirât : elle était impassible, inattentive, non concernée, prouvant à contrario la maîtrise de la situation où elle excellait, et partant la jouissance qu'elle puisait à ces développements qu'elle suivaient de près.

Le dénouement eût valu son pesant d'or. Autant que ces clochettes en nacre qui ne se mêlaient point à l'eau, et signaient le délit dans le béton. J'eusse pu sortir précipitamment derrière elle, et me retrouver nez à nez. Le choc des mots, le trouble de la vue, le regain des réflexions, la valse des sourires échangés, des gestes de reconnaissance aussi, les faux-pas à n'en point douté d'une conversation qui se fût engagée, d'une histoire qui se fût nouée, de deux destins qui se fussent emmêlés, avait, je l'eusse in extremis décodé, un détestable impact de destruction totale. La leçon avait été donnée. L'enseignement tiré. Juste au moment où j'eusse senti par un effet désormais acquis de calcul intérieur, qu'elle s'évaporerait dans la nature comme un farfadet, je sortis de ma cabine. Elle entrait dans une autre, au-delà, de l'autre côté, en face ; des cabines individuelles cette fois, bétonnées et hermétiques, destinées à la toilette quotidienne. Qu'était-elle allée faire dans cette galère ? Peut-être un miroir à consulter, une mise générale à revoir, un extra à opérer. Je la vis ressortir aussitôt de l'une pour aller dans l'autre, voisine : voilà l'expérience ! Dans ce simple jeu de rôle, elle sortait d'une cabine donnée, et avait toutes les chances de n'être plus identifiable pour un regard en lacets qui se fût hasardé par là, tandis qu'elle, elle vérifiait, après avoir fait comme moi de rapides déductions sur la durée d'un parcours, qui sortait au juste de la cabine de douche près de la sienne, ou de moi, ou d'un autre, et de quoi cet autre avait l'air. Sa complexion. Son allure. Son cadre.

Je n'eusse pas été mécontent de cet heureux stratagème. Je ne pouvais pas espérer mieux, moi qui voulais qu'elle se rendît compte qu'il s'agissait bien de moi. Une fois cette certitude amortie, il fallait maintenant faire avec la peur : la sienne, la mienne. Ne pas se rencontrer, mais ne pas se perdre aussi, surtout pour moi, qui pouvais me réclamer avec orgueil d'un avenir commun, d'une suite donnée, d'un coup réalisé, d'une cible atteinte, d'une ouverture consommée.

Je l'eusse attendue planqué, puis, après un temps relativement long, où elle eût pu espérer que je ne l'avais point vu dans son rôle de passe-muraille, ou que je m'étais lassé après tout satisfait, et m'en étais retourné ; je l'eusse vue s'éloigner les cheveux mouillés et, de proche en proche, du terrain à la plage, de la plage au parking, suspectée en permanence qu'elle ne jouât les filles de l'air. Tentatives que je déjouais, quelles qu'elles fussent, toutes plus futées les unes que les autres.

J'eusse élucidé finalement le mystère du couple belge. Ma filature me conduisit certes au parking, mais au-delà du parking, à un autre terrain de camping, que j'avais toujours deviné bien sûr, derrière une haie de roseaux, mais avec lequel il ne me serait pas venu à l'esprit de faire un rapprochement. Pépé et Mémé étaient tout simplement des résidents d'une caravane sans doute honorable mais modeste, installée sur un terrain plus modeste encore et moins huppé lui aussi. Prudent et craignant d'être repéré, je ne m'aventurais pas à l'intérieur. Elle était là, très près, dans cette roulotte, ou cette autre, et qu'elle ne me dise pas qu'elle devait prendre une douche normale, qui n'aurait pas prêté à jaser, au terrain de camping qu'on venait de quitter, en tout bien tout honneur certes, mais pas en liquidation de toute dette, car il y avait ici aussi, à l'entrée, plus libératoire cette fois, de quoi amplement se rafraîchir la moule et se tremper le beignet !

J'eusse eu enfin et pour clore quelque chose à me mettre sous la dent. Un endroit. Précis, localisable. Dorénavant, il n'était pas totalement impossible que ce ne fût pas partie remise. Il y aurait l'année prochaine, à la même période, à la même heure, qui sait !

LOLA

Travelling sous un arbre. Arbre à pain béni. Lola était la nec plus ultra des aborigènes. Un fond de " je t'aime, je t'aime ". Le meilleur de la citrouille. Pas à minuit, plutôt vers midi. Et même midi tapante.

Travelling par mes yeux cette fois, le long des grilles de protection en fer du jardin public, en face du Tribunal, à Toulon. C'était le centre-ville, le cœur : et si isolé pourtant ! Si désaffecté. Et si vide, si dépeuplé, si tranquille, si calme, si reposant.

Comme un chien dans un jeu de quilles. Comme une lamelle, ou une languette de métal, sonore et trébuchante, flexible, faisant la retape systématique sur les hampes alignés, parallèles, successifs, et à intervalles réguliers. Non pas dans un mouvement enveloppant des mains, des deux mains, comme ces enfants qui, se retenant par leur bras tendu, se laissent aller à glisser tout autour d'un pivot de fortune, ou comme Tadzio sur la plage du Lido, mais en veillant au contraire à rester le plus immobile possible, à sembler le plus inerte aussi, pour pallier les tremblements trop perceptibles de l'émotion tout autant que de la regrettable absence d'un stabilisateur d'images dans ma caméra.

Je me servis de ma main comme d'une cale, ou un reposoir, pour faciliter l'accueil, après une mise au point au cœur des feuillages, de Lola.

Lola était bonne à prendre. Il fallait faire diligence, ne pas trop lambiner, même si un minimum de retenue s'imposait, pour ne pas trop éveiller les curiosités, tant de ce côté-ci de la rue, qu'au beau milieu de parc, sur les bancs, quand ils sont occupés. Le temps de contourner les grilles et de pénétrer dans le parc, Lola devant se tenir juste là, à proximité, il n'y avait pas trop à craindre de la rater. Juste faire revenir un peu comme une bonne potée, tout ce qu'il y a de plus ordinaire.

Quelque chose en elle tenait du volatile alerte, toute absorbée dans l'ombre intérieure, et bien expérimentée comme dans un nid quasiment achevé, auquel il fallait donner juste une dernière main, pour la qualité du design et l'amour de l'art. Rien moins d'une empotée ou d'un petit boudin, la Lola ! Si bien revenue, et mijotée à point, qu'une rapide retirée n'était pas à négliger, pour l'appétit de qui n'a pas besoin, pour circonvenir les effets des rétentions d'eau ou vergetures en tout genre, de se serrer la ceinture.

Tout, au contraire, dans la taille, indiquait la bonne à faire. Nul besoin de prothèses, béquilles, avatars de tout acabit, gourmette ou anneau de vénus ou d'orphée. Une parfaite et saine turgescence de l'ensemble. L'introduire dans le cercle de mes images allait de soi. Mais pour autant qu'elles étaient un peu fouillis et brouillonnes, et si leur maquis difficilement pénétrable n'avait rien à voir avec cet arbre noueux et tortueux où s'aventurait Lola, tout à y reprendre.

Lola était toute à ses petites affaires, comme une ado, de quelques années de plus qu'elle il est vrai, le serait à ses petits dérangements de contretemps, et ses dépendances, avec plus si désespérément affinité. Toute appliquée un peu comme à la pêche aux alevins, ou à la main mise sur une portée de chatons, ou au vol des oeufs de tourterelle.

Le feuillage buissonneux de l'arbre veineux la coiffait plus qu'il ne s'appesantissait sur ses épaules. Pourtant ses effets à tire-d'aile, empiétant sur les zones d'ombres, semblaient couvrir Lola, plus que la tête, plus que le buste, descendant jusqu'à la jupe, et c'est tout juste à peine si ses guibolles, épargnées, pouvaient raisonnablement constituer un signe d'appel ou de reconnaissance, toujours utile. Tout en grande agitation d'électrons libres qu'elles étaient sous le moutonnement neutre de la cache.

Au point où mes yeux en doutaient, et craignaient avoir à penser que ce fût un mirage.

Elle était visiblement fraîche et svelte, et bien propre sur elle. La couleur blanche et noire de ses vêtements y contribuait beaucoup. Couleur de la pie, couleur de la menthe. Pourtant, à la relecture, rien n'indiquait qu'il y eût du blanc, ni son bustier, ni sa jupe courte et moulante. A moins que ce ne fut le contraste entre sa peau et la couleur du tissus. Et par l'ouverture du feuillage si ça se trouve. Et sous une lumière rehaussant les teintes dans l'angle d'attaque d'ensoleillement.

Le parc tout entier présentait une majesté solitaire et verdoyante coincée entre l'édifice public assommé sous la torpeur des vacances, et le périmètre d'un quartier bourgeois où trônait l'hôpital Chalucet et son célèbre service d'infectiologie. Et dans cet épais rideau d'ouverture de Bayreuth, Lola était la seule existence.

A mesure que j'avançais, et surtout au moment de franchir la grille d'entrée, bien sûr je m'apercevais qu'il y avait quelque vieille, ou femme seule avec poussette, ou quelque cloche, toute tête plongée devant, sur un éclair de vinasse constellé de maïs qu'auraient picoré les pigeons nettoyeurs et coprophages, qui occupaient des bancs, perdus et disséminés en plein soleil. Mais l'impression générale avait été d'emblée une exclusivité élective, intime et complice.

L'oiseau ne s'était pas envolé. Près du bord cimenté en forme de coude d'un plan d'eau miniature, Lola, mieux engagée dans son buisson ardent, moins énigmatique aussi et plus assimilable, pour devenir plus visible, grimpait dans son arbre. Quand je m'approchais, elle était parvenue sur les premières branches-mère, qui s'écartaient du tronc quasiment à l'horizontale, et se dressait debout et droite, et même raide, s'agrandissant plus encore, la tête elle-même, y mettant du sien dans la poussée ascensionnelle, disparaissant dans un chapeau de feuillage, les jambes rectilignes, bien soudées l'une à l'autre, se rehaussant même sur leurs chevilles.

A un effet de partage du slip, je présumai que ses fesses n'avaient point suivi la discipline des jambes, et qu'un muscle fessier, plus que l'autre, était anormalement tendu. Sans doute par un effort, qui n'était pas à ma portée. A moins que fermes et rebondies certes, harmonieuses en proportion, elles fussent de surcroît en réalité d'une stabilité à toute épreuve comme les pyramides, et que le jeu, pour ainsi dire en roue libre, ne vint d'ailleurs, en point neutre d'embrayage, et que ce fût la lingerie elle-même seule qui, visiblement déviante, dénotât de façon criante, et cela bien évidemment, sinon par le plus grand des hasards, tout au moins dans un effet de gesticulation abortive, incessante et immodérée de la petite baroudeuse, et par le truchement tapageur, à ne pas négliger, d'un frottement qui n'en minorait point le glissement intempestif.

L'effet hallucinatoire était certain. Sa tête et son cerveau, tandis que je passais, paraissaient happés par le feuillage et son karma d'ombres fragmentées. Lola était-elle tête en l'air ? Ses cheveux étaient-ils noirs ou crépus ? Cumulait-elle couettes et queue ? Pouvait-on picorer ses kikis en verre, comme des grains de maïs sur une courgette ? Sa bouche était-elle soulignée par une ombre de moustache ? Ses lèvres baveuses, en cœur, s'ouvraient-elles sur des longues incisives déchaussées ? Sa tête jouait-elle la spirale dès qu'on la reluquait, sa nuque se cherchant dans un dos corseté un chemin de halage vers ses omoplates ? Ses petits seins étaient-ils mis en valeur par un pull en lainage moulant, auquel prêtait main forte en empruntant un circuit adapté, en un contour bien dessiné, conçu pour, la cuirasse de maintien d'un torse ou d'une croupe morts, sculptée ou moulée à la demande et selon le handicap, laissant au demeurant bien épanoui ce qui n'avait point souffert ? Il n'y aurait donc que les jambes qui fussent parlantes ! Lola, autruche à l'envers, moins la tête dans les nuages, que rivée au confiteor d'un confessionnal, traversait sans se soucier du quidam, une galaxie différente de la mienne, ce qui ne voulait pas dire qu'elle ne fût pas, ou ne fit pas expressément un appel à fusion.

Sa contemplation égoïste et secrète, alors que rien ne lui annonçait qu'il pût y avoir quelqu'un derrière elle, et quel quelqu'un : un homme, d'un certain âge, friand en demoiselles elle en savait une pleine tourtière là-dessus, et de surcroît armé d'une caméra, n'irait pas sans dégager ipso facto, comme interjetées, des vagues, ou des fuseaux, avec ventres et nœuds à l'avenant, et s'imposer paradoxalement comme seul véritable vecteur de préoccupation dans la quête de scénarii imaginaires.

D'autant plus qu'elle n'imaginait point les frasques de cette main baladeuse. Non qu'elle touchât, cette main ! Car elle était à des années-lumières de cette passe touchante. Lola, tout autant que ma main. Et dans ce tour, elles eussent accéder aux honneurs de l'étreinte.

Ma main, comme le bout de mon sexe, ou la pointe de la plume où perle la goutte d'encre, sous le coup sagace de mon œil d'expert, opérait à froid allègrement, repassant au métier les empreintes de ses gènes. Telle pression du doigt sur la poire qui aligne la prise de vue sur fond de verre et d'argent, titille ainsi Brooke Shields, et balade la New Orléans. Un itinéraire de charme un peu désuet et que n'envie point le " rec " de Sony quand il ne s'agit pas de pause.

Ici d'arrêt sur image. Pire : arrêt de l'image !

Déjà ma main avait fait ce qu'elle pouvait ! La droite, comme la gauche d'ailleurs ! La droite eût aimé le poing américain, direct, et en prolongement du bras, plutôt qu'un flexible parfois peu fiable et toujours assez troublant. Les images en effet, risquaient d'être bancales. Ou le zoom oublié moins par mégarde que par un acte de trop grand désir manqué, blessant la vue des nervures d'une feuille littéralement passées au scanner, aux lieu et place de veines dans le creux d'un genou. Ou quand le temps d'entrée et de sortie d'image, quand en plus elle se révélait un pivot dans l'ensemble, ou une clé, était emporté avec un fondu enchaîné inattendu car non programmé. Ou quand la caméra, encore, livrée à ses infortunes, captait le soleil et faisait râle-mourir ses ombres.

L'index de la main gauche au contraire régnait en maître sur la décision. Le levier qu'il actionnait relevait du démiurge. Derrière, l'intendance, périphérique insensible et débridé, suivait, et savait ménager des surprises.

Bien sûr la position " chasse ", donnait les meilleurs effets. Elle savait que je savais. Je savais qu'elle savait. Peut-être m'avait-elle déjà repéré de loin, de l'autre côté des grilles du parc. Elle ne s'imaginait pas la bête aux abois. Juste le nonchalant poste d'observation de quelqu'un de pas clair. Et l'inénarrable ridicule, de se représenter ma langue pendante. Comme une publicité pour croquettes à chien. Et cette silhouette assombrie plus encore par cet énorme point noir qui me mangeait la totalité du visage. A peine inquiétante. Surtout pitoyable. Toujours compatissante. Une petite mère en somme.

Le jeu de mes mains n'avait pas été pour autant particulièrement minable ou un peu léger. Pas de mauvais goût qui me restât au travers de la gorge. Ni une sanction venue d'ailleurs, de Javeh, d'envahisseurs, ou d'un fond de culpabilité développé avec le dépit primal, non je n'avais rien du vilain, et l'inquisition n'eût pas à m'attendre au tournant. Ni les matons. Ou les matines à me sonner.

Au moment de l'interception, mes mains avaient applaudi en secret, tandis que mon regard se fichait sur des cibles inertes et irréprochables. La machine était enclenchée, le mécanisme tendu, la révolution en marche.

Une avant-garde simplement. Reluquer en éclaireur uniquement. Bien peser le pour et le contre. Bien asseoir au passage mes convictions. L'avant-garde passe et ne revient point. Si elle se reprend, elle passe arrière-garde, et donne dans le béton. Gare aux Ganelon. Je ne pensais pas en prendre pour mon grade. Tout juste une épaulette. Une épaulée-jetée. Une brasse coulée. Un poker menteur.

Sur la crête des Alpes, je ne vis point plus beau Mont-Blanc. Le jour se levait en apothéose, et l'aube aux doigts de rose courut de proche en proche, sur l'onde des prairies couchées. Lola ne me vit même point j'en étais sûr. Seulement, dans le creux de mes mains, je sentais comme une gelée fraîche, comme une flûte glaciale qui me narguait, plus dérisoire que je ne pus être ironique, plus cauchemardesque que je ne fus d'humeur festive. C'était comme une vibration bien connue. Un râle, très classique. Mieux qu'une agonie : un roulé. Nul filet d'air ne fut plus ténu que ce frisson de stèle muette.

Ma caméra avait lâché. Mais ce pouvait être pire : ce n'était pas l'énergie qui lui faisait défaut, c'était la bande qui était parvenue à son terme. " Fin de bande " résonnait comme un glas, à mi-chemin, ou à clone égal de " fin de partie " ou de " bande à part ". Je ne pouvais tabler sur une solution de remplacement, un avatar. J'eus pu simplement revenir loin en arrière et, consentant à effacer des enfants chèrement conçus, de passer royalement sur eux, et d'y coucher Lola dans toute sa splendeur. Cependant c'était hurler à l'anéantissement d'images saintes. Je préférais perdre l'appareil, plutôt que les bandes. Sachant parfaitement de quel côté se trouvent l'inestimable et magnifique vie et le sens des choses. Et même à supposer que sur un charnier, par simple invocation d'une raison d'état, ou d'un droit du plus fort, ou des contraintes du libre marché, pour lesquels j'eusse consentis à sacrifier pour la bonne cause, je livrasse au jeu du hasard la seule Lola, comme Pilate le doux rêveur, en vertu d'une prime à la nouveauté, et de l'excellence de sa prestation, qui restait toutefois à vérifier, comment pouvoir braver la belle et délicieuse Lola, avec des complications pour le moins grotesques dans l'appareillage, et la forcer à composer en toute connaissance de cause avec un voyeur, un peu excusable car raffiné certes, mais voyeur tout de même, d'autant plus que je ne savais pas si elle était prévenue contre les donneurs de bonbons.

Ainsi donc le petit jardin d'éden avait été à la merci du sursaut ravalé mais intempestif d'un petit mécanisme d'enclenchement. Avec le blocage et par un effet de cassure dans un champ d'énergie, c'était une mort de milliards d'images qui s'annonçait. Nul profil bas ne fut plus manifeste que de sortir d'un tel lieu d'échec. J'y abandonnais un avenir, un destin. Telles des carabosses en renvoi d'âges, des femmes réunies en symposium, relativement vieilles, et pudiquement retournées, opérèrent un mouvement de repli ou de dispersion, en me voyant surgir, vidangé, lessivé, accablé. Pourtant c'était un lieu de grâce et d'aisance que je quittais. La porte, seulement, s'était ouverte un peu tard. Ou un peu tôt. Elles craignaient sans se l'être avoué, de devoir m'en surprendre sortir. Il y avait une ombre et un vide, où elles tablaient que je n'y fusse pas. Ou que je n'en fusse pas. Bien sûr, dans l'échange qu'elles eurent très tôt, il leur semblait bien m'avoir vu entrer. Mais c'était longtemps avant qu'elles vissent que d'autres avaient été de la partie également. Elles avaient même vu, crurent-elles, que l'un d'entre eux était entré alors que manifestement je m'y trouvais. Il n'avait fait qu'une brève incursion, un simple repérage, il n'avait pris qu'une tangente tandis que la porte n'était qu'entr'ouverte. Vol plané, réception en douceur, reprise avec envol.

Il cherchait ses marques aussi. Venait au sous pesage. Humer l'air des intestins fumants dans ce trou de verdure. Tous ces flux de feuillages avaient le fond sonore des ardoises vespasiennes. Les dames en étaient envahies, même incommodées. Quand plus rien ne perturbait du reggae ou de la house, maintenant qu'elles étaient tranquille, il fallait que des ballets aquatiques se disputassent leurs attentions domestiques et contribuassent à heurter moins leurs sens, qu'elles avaient encore aiguisés, et que rien ou peu de choses pouvait formaliser, que cette résistance antique aux ravages de la grande supercherie des hommes dont elles ne parvenaient toujours pas à s'habituer et se soustraire complètement. Ça leur revenait comme un goût d'ail, au point de hanter, et d'y être paradoxalement condamnées.

Elles avaient bien vu un autre, cette fois-ci, y disparaître complètement, absorbé. Elles ne s'étaient pas suffisamment concertées, et n'en avaient d'ailleurs pas eu l'opportunité. Ce ne put être qu'au prix du ridicule, de surveiller à l'arpent près, les allées et venues de ces gens dans le besoin. Cet autre, elles avaient bien cru que finalement, c'était le bon. Il y était, il y restait. Le temps forgeait ses œuvres. Qu'il en vint à tarder, et à tarder un peu trop, au point où elles purent supposer un malaise, ou les effets d'une intoxication durable par drogues, cela les confortait dans l'idée que d'autres n'y étaient plus, y incluant moi-même dans l'affaire. Je les déroutai quand elles me virent sortir, car je devenais, du coup, identifiable. A la hâte, elles retraçaient à l'envers l'histoire de mon itinéraire.

Rien ne tenait plus la route, puisque effectivement, voir l'autre entrer et ne plus reparaître, laissait fatalement supposer que je n'y fusse point. D'autant plus que, une fois passée l'appréhension du sensationnel, le revoir sortir après de vraisemblables sinon légitimes soulagements, abandonnant un bercail apparemment vide dont la porte entr'ouverte donnait dans une pénombre insistante et statique, excluait qu'il y fut avec moi.

Laquelle cracha en premier le crapaud, tandis que, tel un sphinx, ayant enterré dans une chape de plomb le réacteur défaillant, et brouillé à jamais Lola dans les œufs de coléoptère, je parus comme plus nu que les naturistes de l'île de Giens. Mon âme aussi avait sorti le grand attirail, tout un falbala. Elle s'était nouée à des lèvres avides, et préparer un morceau du tonnerre. Tous les flux s'étaient engouffrés dans des fonds baptismaux. Et des langues de feu avaient léché la mienne. J'avais à peine rendu à César sa pièce qu'il me rendît la mienne. Toutes les voix des infantes et des illuminées me vidèrent les tripes. J'applaudis à Sainte Thérèse, à Marie même. Amarré à leurs gémissements en vogue. Tirant sur la corde. En en suçant la sève comme un anis gras. Un ante site. Comme un avatar de réglisse pour un régime sans sucre.

Quelle infection roula à fleur de la piscine ? Entraînée bien heureusement dans un frissonnement d'évacuation programmée. Quelque morve purulente et consistante, hideuse comme une méduse, poussée par l'eau même qu'on a avalée, et dont on craint le retour par un effet en ricochet de l'agitation de nageurs obtus, glauques et abscons, et tout à leurs compétitions. C'était l'année des rhumes, il suffit de l'emprunter comme une voie royale. Même des jeunes gens, beaux et forts, avaient leur coryza. Et leur imbuvable prétention condamnait à la peste.

Encore heureux qu'il ne se fût pas agi d'une plèvre aqueuse déchirée, ou de l'éclatement d'un polype malin. Rien : tout au plus une aspiration de carie, ou le raclement d'une angine déjà bien avancée. Un rien va me sauver : un alcool, une chope. Que, en fin de compte, difficile de dire autrement, je préférai en somme à Lola.

Pourtant il eût suffi d'un rien. Une petite claque que je me serais infligée, oh élégamment, pour me ressaisir. J'avais, bien imprégnée dans les neurones, l'impressionnante entrevue des dessous de Lola. Et ma caméra elle-même en avait assuré le déroulement dans l'ordre du jour. Et son compte-rendu était en mémoire.

Un écueil avait été, après tout, évité : qu'il se fût agi stricto sensu d'une panne de batterie ; auquel cas, Lola et ses frasques ne m'intéressant plus, j'eusse été fondé en effet à partir, et disparaître définitivement de la circulation, laissant la voie libre, n'interpellant plus la force publique.

Là par contre, tout eût pu encore se jouer. Une bande chasse l'autre, comme les règlements de compte de banlieue s'exportent, se délocalisant telles des multinationales, sur la côte, faisant exploser en sondage de circonstances les petits braquages, dérangeant anormalement les touristes, et bousculant le timing attendu des années courantes dans un rythme maintes fois amendé, cryptant d'un genre sans cesse renouvelé les identités, sinon d'état civil, tout au moins ethniques.

Le coffre de ma voiture n'avait pas à souffrir d'isolement, d'absence d'affection, ou carence d'assouvissements visuels. D'une année sur l'autre, les bandes étaient ré-employées. Et j'en avais des stocks. Il suffisait à peine de quelques enjambées, quitte à remettre à plus tard une envie d'uriner, pour me munir des précieuses munitions électroniques, et revenir filmer tout à loisir Lola et sa Dianétique.

J'eusse compris les mystères de son investigation, et ce qui l'interpellait tant, dans son nid, plus nid de coucou pour moi certes que pour elle : maîtresse des lieux, elle avait enroulé sa propre courroie, inventant ses propres nœuds, apportant son propre carton :

- Je trouve ça très craquant la balançoire, c'est ce que j'aime le mieux !

Sans lui faire systématiquement du rentre-dedans, ni l'aborder au plus pressé en jetant l'ancre par dessus la jupe arrière, ou directement par les soutes, sans jouer également les tape-culs sur les airbags ou les bouées d'accostage, sans la braquer enfin pour de la petite-monnaie, les mains sur les coutures du pantalon, j'eusse imposé mine de rien la présence de ma caméra. Elle était à ma main exactement ce que sa petite culotte était à ses jambes. Et il y aurait eu même un commerce suivi, un enchaînement des genres, une évaluation des forces, une concaténation des syntagmes, parfois une course poursuite entre ces deux éléments constitutifs de nos panoplies respectives.

Et ma vue n'aurait pas été pour autant l'enfant pauvre de la chaumière. Je n'eusse eu de cesse que de la détailler en tous sens, suivant chacun de ses mouvements, les ponctuant pour la bonne tenue, de considérations à l'emporte-pièce, ou de commentaires faciles, mais jamais niais. Lola, pour la bonne marche de son business, n'était pas sans réserves. A chacune des étapes de sa métamorphose correspondait une prestation en nature, qui pour être le meilleur, n'en était pas moins l'essentiel de sa démarche minimale. Elle chérissait sa balançoire comme un puissant actionnaire son agent de change. Elle avait d'ailleurs quelque chose de nickel, sorti tout droit de l'usine. Lola en attendait une plus value. Non que celle-ci fût une " utilité de balançoire " à proprement parler, car les résultats furent assez médiocres, voir tout à fait illusoires et décevants, tenant plus de l'échec provoqué que de la compétition entre initiés, mais elle se déplaçait dans une bulle, où Lola elle-même était au centre, roulant moins sur elle-même, que subissant des forces de roulis et de tangage. Le centre de la Start up était un réacteur au combien porteur ! Son minerai résistant à toute épreuve laminait les troncs noueux et serpentueux de l'arbre, et ne se voyait infliger en retour que de quelques égratignures ou éraflures, visibles le temps du passage de la caméra, et au lieu précis de friction, notables raclures uniquement en vertu de cela même qui en ternissait le grain et en réduisait l'éclat : elle en était souvent quitte à changer de culotte tous les jours !

De près, Lola se fût révélé une enfant des plus agréables et des plus charmantes. Imaginative et perspicace. Jolie petite brunette aux longs cheveux. Un bustier et une jupe : et un nombril éblouissant ballotté entre. Des jambes bien tenues dans des sandales solidement nouées, ou des chaussures montantes. Une petite croix de David en or pendue au cou. Ses explications étaient détaillées, et constamment enrichies. Elle ne craignait point de les approfondir, ne se relâchant, et prêtant dans ce cas un peu à confusion, que lorsque pour convaincre l'interlocuteur difficile que j'étais, elle s'obligeait élégamment à me reprendre, me sermonner, m'édifier pour autant qu'elle ne songeait à aucun moment s'interdire les solutions d'exception sur des bases toutes ajustées et préméditées de grands écarts de ballerine.

J'eusse compris l'enjeu de telles assertions, même si elles étaient un peu à tirer par les cheveux. C'était un challenge, une expérimentation. D'autres ne s'y entendaient pas, ou mal. Avaient d'inadmissibles prétentions. Elle arrivait avec son brevet, la qualité de sa matière première, le suivi dans l'usinage, l'innovation des matériaux, le savoir-faire de son encadrement. J'arrivais à point nommé. Elle n'avait tablé, sitôt qu'elle m'eût vu, que sur l'emploi détourné, et presque l'usage à contre-emploi, de la chose inestimable que je possédais, et que j'exhibais de façon ostentatoire sans en avoir l'air, et qui était le témoin privilégié de chaque étape dans le processus grave d'une vraie mise en perspective des vertus d'un appareillage génial. Quelque chose lui disait, à ma mine trop sérieuse, à l'intensité de mon regard prétendument attentif, à mes fréquentes redites sur un ton d'indifférence qui n'en aurait pas fait accroire au quart de l'Amirauté, ou mes reprises au bond, parfois au pied levé, à tout ce qu'elle pouvait dire dans ses divagations, que la mariée était trop belle et que, la caméra bien trop regardante pour être honnête, donnant elle aussi, avec beaucoup de mal à le dissimuler, tous les signes de l'extrême agitation fébrile qui caractérisait l'état même où j'étais plongé, il fallait bien qu'elle fonctionnât en solo alors que rien ne pouvait autoriser, bien évidemment, à le prétendre.

Là où j'eusse attendu, sur le bord du guet, qu'elle s'aventurât sur sa chaloupe, rien ne la fit en fait dériver vers moi. Tablant qu'enfin j'étais vacciné, il y eût un rappel. C'était que, par extraordinaire, elle était déjà là, presque derrière, ou à mes côtés, jetant un coup d'œil d'expert sur l'état des lieux, et repartant aussitôt occuper la place qu'elle avait conçue être la meilleure possible pour elle, compte tenu de ce que la caméra pouvait intercepter de ses dégaines. Elle n'était point l'objet inerte sur lequel se couchait ma science. Et je ne l'eusse point trop ramené, sûr ! Elle savait anticiper, plus que mon langage, mes volitions ; et n'y allant pas par quatre chemins, ni par le dos de la cuillère, tout eût pu se passer comme si elle se mettait à ma place, dans une considération toute administrative, qu'il y avait, sinon péril en la demeure, tout au moins, urgence certaine, vu l'état de léthargie qu'elle ne se rassasiait pas de fustiger par le simple jeu de sa vivacité et de son énergie, me faisant même, à ce point de vue, honte. Ainsi je n'eusse même pas été à la hauteur de mes prétentions, et faute de savoir correctement me hisser, c'eût été elle qui, d'arrache-pied, la fronde en bandoulière et à cœur vaillant, eût ouvert les aimables hostilités de la sédition à distance.

La stratégie était toujours la même en nature et répétitive en forme. Car l'essentiel était d'atteindre la configuration des nœuds de la courroie de la balançoire, et de les soumettre à un usage immémorial qui m'échappait un peu. Ensuite accéder au siège par le truchement d'une prise de risque supplémentaire, et le détour d'un circuit qui fût à n 'en pas douter, le plus difficile et atypique, et qui tenait à la fois de la spéléologie, à considérer l'exercice de son point de vue à elle, quand elle était dans les hauteurs, à moins qu'elle ne se fût déterminée à lâcher, avec le reste de sa pudeur, son élasticité de maquignonne du haut d'un pontife tremplin ; et de la voltige de mon point de vue à moi, m'épargnant même toute légitime et opérationnelle distorsion du cou ou révulsion de yeux puisque les fusées partaient d'en haut et en était à chaque fois plus près du bouquet final.

Elle m'eût laissé à penser que nous ne jouions tous les deux qu'une couverture, et que de concert, nous exprimions clairement ce qui en d'autres circonstances, autres que ludiques et frappées du sceau de l'innocence enfantine, eût été des arrières pensées. Elle les psalmodiait admirablement tout haut. Dans sa mythologie intervenaient d'autres enfants de son âge, dont je ne suivis pas, par manque manifeste d'intérêt immédiat, pressé comme Lola d'ailleurs par l'urgence, les pérégrinations, mais aussi le gardien lui-même, qui brillait par son absence, étant, assurait-elle, en vacance. Dans la démonstration était aussi avancé, comme glissement de cadre autant que comme arrière-plan, combles, labyrinthes, catacombes confondus, un autre endroit idyllique, pour le bonheur moins des âmes que l'achèvement des balançoires. Elle désignait de la tête et du doigt, un coin du parc pas très loin, plus protégé, mieux adapté, propice à notre programme de rentrée. L'invitation était évidente, directe, engageante. Que je n'eusse point relevée. Et à fortiori contribué à exécuter. Tout se jouât là. Des ballons d'essai de ce genre, il eût pu s'en produire mille qu'elle lançait au filet dans la fureur incompressible de ses jambes pendues et vacantes au large, même lorsque, tandis qu'elle parvenait à relativiser en cherchant des atermoiements et songeait à tempérer leurs ardeurs frénétiques, piteusement accablées, le siège de carton eût cédé enfin sous son poids.

Jamais elle n'eût abordé ma problématique. Elle ne me donnait point l'occasion de parler de moi, ou de me laisser intervenir dans son chantier, dont elle souhaitait garantir l'exclusivité jalouse. M'y associer eût été me faire toucher du doigt certaines aspérités que l'œil ne perçoit pas. Et comme il eût fallu que je me délestasse de ma caméra, le choix risquait nettement de faire virer la solution, où nous n'eûmes plus su où cela eût pu nous entraîner. Elle maintenait en maîtresse-femme, la distance. Au bâillement d'un vêtement, à la blessure d'une couture malmenée, au périmètre d'impact d'une fermeture-éclair déraillée, au point de rupture d'une boutonnière, au moindre changement d'aiguillages, l'appel d'air engagé, ou dégagé, sans jamais cependant tourner au vinaigre, ou aux relents fétides des excrétions en tous genres : transpiration, angine, carie dentaire, abus de l'ail, ou de l'oignon, liqueur séminale, flux urinaire, dépositions fécales, ou implosion fécale, encrassement des doigts, des ongles, des yeux, du nez, des oreilles, du nombril, des plis et des replis, des lignes et des pores, chassie, cérumen, morve, salive, acné, pus, cet appel était habilement récupéré. Surtout que tout me poussait logiquement à m'investir. Chaque difficulté d'exécution rencontrée m'interpellait au fond. Jamais je ne pus sortir le grand jeu. Elle tenait à tout maîtriser dans ce domaine réservé. Nulle aide à lui apporter dans l'élaboration des nœuds, l'ajustement de la courroie enroulée, et ses boucles insolites, la stabilité du siège, des essais infructueux d'équilibre où j'eusse pu la maintenir en tout bien tout honneur, d'aplomb. Toujours elle sut prendre la tangente et ne fit aucune concession, conservant en même temps que le champ libre, et la partie du drap propre, la nu-propriété de ses jouissances foncières.

N'eût eu des douleurs barométriques que cet arbre qui en supportait à longueur de journées, des fesses d'enfants, dont on ne sût pas très bien, les archives manquant, s'il était jeune ou vieux. De nature, sans doute, et d'apparence aussi, boudinique, à mi-chemin du Dieu pesant et de l'anorexique qui en veut, en mange, mais systématiquement le rejette. Le froid ou la simple exhibition lui avaient donné de la taille, plutôt des tailles disparates, pas des tailles de guêpes bien sûr, plutôt des cous de Massaï étranglées de minerves toutes annelées. Leur simple prise dans des mains insistantes, ou entre des cuisses expertes et arythmiques, faisait monter la pression, et gonfler ses intervalles comme des ballons à l'hélium, travaillés par un charmeur de serpents, faiseur de mickeys ou attrapeur de souris, selon que le prix demandé, était hors de proportion par rapport à la concurrence. Dans les méandres du reptile aboulique, Lola donnait dans l'excellence du mime, accompagnant sa docile et multiforme victime un bon bout de chemin, comme un disciple, zélé mais remuant, le ferait avec son maître, ce qui pour le public des terrasses, semblait ne point manger trop de pain, surtout que son air à ne rien y voir, hormis les merveilleux nuages, donnait le change. On pouvait rire de l'ignorance et la balourdise du végétal qui allait son destin, sur les traces analysables de ses strates, mais on l'enviait secrètement d'avoir par le plus grand des hasards les faveurs appréciées d'une charmeuse en herbe, et de tomber sous le coup des projecteurs. Il n'en bénéficiait pas pour autant du miracle d'un vernis ou de surfaces patinées, que frictions, assouplissement des muscles, tocades des vertèbres bien en queue, et uses et usures en tous genres lui permettaient d'espérer, comme le beau visage lifté des belles vieilles. Les longues nuits et les interminables heures des jours de lenteur, quand elles ne sont pas de froidure humide ou de glace, ou trop bien assujetties aux rythmes scolaires, lui ramenaient sur la peau, avec les pluies tropicales, les mousses et les infractuosités inhérentes à son espèce. Encore heureux, que Zeus se dégourdissant, il ne se réveillât dans les cendres de l'amour, ou que, trop courtois, il n'accueillît les chaînes de Prométhée. La neige et ses pains mouillés flageolants ou rissolant selon la moiteur de la petite couche de graisse que Lola avait à peine eu le temps de voir naître, eussent pu à la rigueur contrer, pour son assouvissement particulier, sa presbytie moins probante à ce jour que bel et bien consommée, plus supportable toutefois que le glaucome au stade terminal qui fit sortir Oedipe diabétique, en confondant l'image et son référent, ou le référent et son image, suivant le cas, l'entrejambe de Lola, en effet, tour à tour gelée ou échauffée, lui brouillant les pistes chèrement incarnées, en même temps qu'il lui troublât le pousse initial qui dormait en lui.

Loin de l'idée de Lola de savoir si c'était du lard ou du cochon, du suc de betterave ou de l'as par dame, roitelet, sur le haut de la v'là qui pas. Ma caméra en disait long, sinon sur un régime sans sel, gemme ou marin autant le souligner, tout au moins sur un serrage de ceinture, qu'elle ciblait indistinctement en dessous, comme les coups qu'on lui avait dit de ne surtout pas donner. Ma faim eût pu être dévorante, mais la diététique dans mon sang, comme la révolution du reste, était en marche. Trois minutes de circulation valait aussi quinze jours à valoir sur le passage au tabac, ou trois mois fermes pour décrasser les muscles et les viscères, et détartrer les canalisations. Lola n'eusse pas pu savoir au fond si de l'examen à passer pour constater l'évolution indubitable ou conclure à la rémission totale, il fallait entendre son régime ou mon régime. N'en faisant qu'à sa tête, elle ne put contrevenir à la dictature, la ploutocratie, l'oligarchie aussi, qu'au prix d'efforts surhumains. Il ne s'agissait pas que j'empiète sur son terrain. Aussi, me voir avec un appareillage bien moins complexe, et à ses yeux moins prestigieux que le sien, d'autant plus qu'on n'en déterminait pas tout à fait l'usage adéquat, correctement employé, ou de réputation courante, elle mit vite au rancart ma démocratie un peu poussive à son goût. Dans un deuxième temps peut-être. On verrait un peu plus tard.

N'empêche que ma caméra l'eût sollicitée. C'était béton, à n'en pas douter. J'avais quelque chose à voir, dans ce bel agencement de circonstances. D'autant plus qu'elle avait été l'élément fixe, pré-établi, pas durablement mais passons, la puissance, à supposer qu'elle l'eût su, qu'elle eût donné son accord, et reçu les recommandations d'usage, anticipé les destins, puissance invitante, et que moi, je n'avais qu'une ancienneté de quelques secondes. Seulement j'avais l'avantage de tomber du ciel. Et les capacités d'écoute et de plaisir de Lola, menaçaient ruine, s'enlisaient dans des rêveries trop nombrilistes, et ne lui attiraient surtout plus les faveurs de toute la puissante armada de ses vanités et de ses amours propres. Son image risquât d'en être même jetée au bûcher. J'arrivais à point pour être le témoin de sa formidable présence d'esprit, ses dons d'ubiquité et de communication, fût-ce à un salon de pontes et de plénipotentiaires, ou au rayon surgelés d'un supermarché. Et ce fut moi, qui, sans coup férir, falsifiant les préambules, bousculant les déclarations, bouchonnant aux commentaires discourtois, vilipendant, ou franchement Guillotin, sans songer ménager le complément, amadouer les circonstances, usant de toutes les chevilles, cédilles, et autres tirets, me mit à prôner un verbe et prétendre à l'attribut. " Etre belle " bouleversait la donne. Elle eût mérité un éclat de rire, ou une fuite en avant, ou en arrière, et à supposer que rien dans ce cas, ne la localisât et n'en en amortît les effets, une indignation de veille vierge et ou de verge vieille effarouchée, ou encore la prise en charge responsable et payante d'une affaire en pleine prospérité.

Ce qui nous aurait rassemblé aurait été un sens extra de l'humour. D'homme et de femme de la terre. Lola émergeait à peine d'un long processus contentieux où elle n'avait pas été sans doute à son avantage. Affublée de son kit Ikea tout prêt, tout fraîchement sorti d'une machine à remonter le temps, baptisée en hommage " je t'aime, je t'aime ". " Ils croient qu'ils sont heureux alors qu'ils ne sont qu'immobiles ". C'était les vacances, le parc était vide, elle en serait quitte pour ses faux pas, et à ses frais, surtout en reste. Rien toutefois ne contre-indiquait les prolongations. Quand tout lui tournait casaque, elle s'ingéniait, sinon à aller droit au mur, au casse-pipe, tout au moins à déballer et à attendre le retour d'un nigaud ou d'une greluche. " Elle est belle, ma balançoire " " elle est belle ta balançoire " " je vais vous montrer comme elle fonctionne bien " " montre-moi bien comment elle fonctionne " " je vais vous prouver combien je sais bien faire fonctionner la balançoire " " tu es de toute évidence une experte ".

De mon côté, le cheminement émotionnel, affectif, intellectuel, éthique, était rigoureusement identique. " elle est belle ma caméra " " je n'ai pas vu votre caméra " " je vais te montrer comme elle fonctionne bien " " je ne sais pas à quoi vous voulez en venir " " Je suis adroit pour filmer " " pourquoi vous toussez quand votre tonton vous parle ". Je tablais moi aussi, une fois un certain seuil franchi dans l'indifférence générale, sur des élongations, " ses " élongations, ses genoux flexions, ses réflexions au demeurant ingénues. Nous n'étions pas particulièrement tocards avec nos marottes respectives. Nous articulions au mieux notre humour parti en ordre dispersé, mais convivial en fin de compte. Nous savions l'un et l'autre, à notre manière, relancer la conversation. Nous n'en riions point bien sûr, ni aux éclats comme à la chute d'une grosse blague, ni jaune quand c'était annoncé en dessous de la ceinture, ni sous cape, car rien n'imposait à Lola de réajuster sa jupe aux moindres écarts, elle y eût perdu son latin, ni moi de ranger la caméra et d'en venir aux mains. Sérieux comme des papes. Pince sans rire. A nous deux, nous n'aurions pas pu nous frotter les mains, nous tordre, en nous tenant la panse. Nous nous serions sans doute fait peur ; rien de plus à craindre que de faire le fou avec des fous !

J'eusse été parti avec un avantage, car mon fétiche faire-valoir n'était pas d'un bloc, d'un seul tenant, au même titre que le sien. Il ne valait que pour autre chose : ce qu'il filmait. Or ce qu'il filmait était Lola et sa balançoire. " Lola et sa balançoire sont belles ". Ce que je recherchais, c'était elle-même. Et je lui demandais de m'indiquer l'endroit précis où je pouvais trouver elle-même. Elle ne le savait bien évidemment pas. " ce n'est pas bien ça ! ". Je m'étais fait l'espace d'un instant plus macho que les machos : il n'était pas bien que Lola ne sache pas que c'était cette Lola là que je recherchais sur les présentoirs de la traite universelle des femmes. Elle ne faisait pas l'autruche, ou l'idiote délibérément, non, elle était à mille lieux de se représenter que je l'eusse cherché pour elle-même. Elle s'en excusait presque. En revanche, elle se faisait une petite idée, de ce qu'il me fallait, et à quel endroit précis je pouvais le trouver. Tout près de ce qui lui ressemblait le plus dans le genre, dans le rayon de la matière brute. Là, elle maîtrisait bien l'itinéraire qui pouvait y conduire. Elle m'en indiquait le chemin. Mieux : elle me le commentait en plus. Et le justifiait même. Pour gagner en grade, et pouvoir se coudre des galons, il fallait bien préparer la cible. Cette dernière était un prétexte certes, mais comme savoir poser la question, c'était déjà y répondre, elle faisait de sa courroie et de son carton une véritable institution. Partir à l'assaut de cette institution était un jeu d'enfant. Elle se retirait de la scène de sa balançoire, après une dernière tentative, par d'affectueux tapotements, voir d'énergiques tapettes, pour stabiliser le carton ivre. Elle s'en retournait vers le tronc, sur lequel il était devenu désormais notoire qu'elle entreprît de monter. Elle grimpait comme une guenon. Quoique : réussir à sauter une haie dans un handicap n'est pas nécessairement un Eldorado. Pour une aborigène, elle avait finalement un peu le cul lourd, et ses jambes cherchaient leurs marques, ratant souvent des mousquetons, et se rattrapant par la corde de rappel. Je ne pouvais pas accourir : c'était convenu : implicitement : je ne devais pas intervenir. En aucune manière. L'appel n'était qu'un rappel à l'ordre. Seul, le média avait une entrée qui justifiât qu'elle se dépassât, et virevoltât cul par dessus tête. Ma caméra en fit de bien belles, en prit de bien bonnes aussi. Par la suite, après un prompt et souple rétablissement sur la branche porteuse, empruntant par commodité d'accès une sorte de contre-allée, de bretelle de raccordement, le mouvement devenait plus précis, moins chaotique. Se faisant bien sentir au contact, elle se maintint au plus étroit dans ses arrêts sur images, comme si elle se fut roulée, enroulée, remuée sur le cou puissant d'un père idéal, en bonne position pour observer.

Je m'étais tout à fait bien représenté le tracé. J'étais comblé. L'information me suffisait, me remplissait d'aise. D'autant plus que j'avais en machine la générale. Seulement, je ne m'imaginais pas que ce ne fût qu'une simple répétition. Pour elle, l'imperfection allait invariablement de soi, était d'ailleurs visible, ostensible. Les petits ratages ici ou là le prouvaient. Et le résultat était là : elle n'avait pas bien engagé la ou les boucles de sa courroie, elle n'avait pas réussi à bien mettre à niveau le plat du siège en carton, à l'aplomb les bras de la balançoire. Elle empruntait alors à nouveau le chemin de halage, à chaque fois un peu plus dans la précipitation, comme si, comprenant qu'au-delà d'un scénario accompli qui avait fait ses preuves, pour moi, de mon point de vue, j'eusse voulu autre chose à me mettre sous la dent. Elle semblait courir après moi pour me rattraper, ou rattraper un rêve, le rêve d'elle-même pour moi, elle-même limité à ça. Que je me contentât à ce point de ce que pourtant elle m'avait désigné elle-même comme étant elle-même, cela la dépassait, l'adulte peut-être en moi qui sait, et elle eût, si elle eût été femme, sans doute sortie de nos échanges furtifs conquise et malheureuse, le temps d'en construire un véritable amour.

Même lorsque je m'eusse séparé d'elle tout à fait, elle conservait dans son regard, malgré sa mine souriante, et une posture attentiste de quelqu'un qui prend congé de quelqu'un d'autre en toute connaissance de cause, un éclat interrogatif et une ombre de désespoir à la fois.

Pour lors, cependant, son mutisme était éloquent. Elle se demandait, elle me demandait, pourquoi je l'interrogeais sur qui elle était et à quel endroit. Elle voulait s'entendre dire qu'elle était belle. Uniquement. Mais je ne le lui faisais pas dire. Naïvement, je ne faisais que répondre à une question, qui n'était au fond que la mienne, marquée du sceau de l'indifférence, de la peur des femmes, du vol d'images à la sauvette, et du retour au bercail. Cette réponse à l'emporte-pièce disait : " Ça n'est pas bien, ça ! ". Il fallait comprendre qu'il n'était pas bien qu'elle ne sache pas qui elle était, et de préférer la partie au tout, un jeu de rôle presque intime en définitive, où elle n'eût dévoilé que le dessous des choses, sa petite lingerie en somme. Croyant légitimement que c'était ça qui me bottait le plus et en cela, elle ne se trompait point certes. Au lieu en revanche de se posséder totalement et venir à ma rencontre. J'étais forcément pédagogique. J'appelais ça " humour ". Et j'avais préféré cet humour-là jusqu'au bout. Egoïstement, je partais de mon côté la rechercher dans ma boîte à images. Exclusivement.

Et encore : le temps de la sortir, et de la rentrer... Je prouvais, une fois de plus, que c'était moi, uniquement moi, qui ne me connaissais point. Ou ne prêtais pas une attention suffisamment soutenue à ce qui aurait pu être cette connaissance là de moi.

Mais je m'eusse fait du mal pour rien. Et douter de moi. La mobilité, l'énergie, le dynamisme, est une parade. Un cirque pour abrutis au contraire. La pression est lourde. La coupe est pleine. Des yeux étaient là, qui n'étaient pas dans leurs poches. Hormis pour les plus malins, à se jouer une valse à deux temps, ou décapsuler la bouteille de coca. On ne comptait pas : on aimait dans l'urgence. La vigilance, la précaution, que Lola et moi nous minutions mine de rien, semblait objectivement se traduire en terme de temps, de raccourci. Il parut évident, arrivé bien à point, quand nous nous quittâmes. Il fallait donner un change substantiel. Un signal fort. Maintenir l'inflation, les mouvements de masses, à distance. Dans un champ magnétique qu'il fallait à tout prix rompre. Une hypnose, une torpeur, qu'il fallait déjouer. Un magie qu'il fallait faire intervenir, et que nous exigions au fond de nous à corps et à cri. Des hommes étaient passés par là. Un homme. Un deuxième. Le premier de race blanche, taille moyenne, veste bleu, le pantalon béant, les chaussures vernies pointées, les chaussettes claires entre. Le second de type maghrébin, taille moyenne, veste chinée, moustachu. Il fallait bien que les mouches et les taons fussent attirés. Jamais Lola n'avait bronché. S'en était-elle rendue compte seulement ? C'était son ordinaire à elle, après tout ! Il n'y avait que moi qui flippais.

Le blanc s'était le premier assis sur le banc. En chemise. En bras de chemise même, et a du ouvrir un journal. Quand l'autre, après avoir piétiné un long moment derrière moi, se fut assis à son tour, accablé par le soleil, les jambes lourdes, et le regard somnolent, le premier était disparu sans que je m'en rendisse compte.

Lola en était à sa dernière expérience. Quand tout avait échoué, il restait la courroie elle-même, qui était d'un seul tenant : je m'en apercevais quand le carton, éventré, fut enlevé et mis de côté. Lola pouvait se balancer rien qu'à se maintenir droite, les pieds joints pesant sur l'extrême boucle de la courroie, et la tête coincée en haut, que ses mains levées tentaient vainement de desserrer un peu, comme si elle était bandée en forme d'œuf de pâques en paquet cadeau sur la chique d'une inflammation dentaire. Elle avait l'air si maladive, ou sous un choc, n'osant remuer le moindre petit doigt, comme tétanisée, et pour lors décidée pour l'éternité à rester dans cet état d'inertie totale, que me vinrent des idées de calvaire.

Depuis quelques temps déjà, nos échanges viraient à des commentaires très fournis, énoncés à bonne hauteur de voix, sans doute en direction de la galerie. Nous étions successivement l'un et l'autre, et l'un pour l'autre, le souffleur attentif d'une scène surveillée. Je rebondissais, autant qu'elle rebondissait sur moi, sur ce qu'elle me soufflait, comme en aparté. Les propos que je tenais, pour ce qui me concernait, étaient si démonstratifs, insistants, fouillés et didactiques, qu'il n'y avait qu'un pas entre leur réalisme et le réalisme propre à la caméra. Elle eût été le fidèle adjoint de mes consignes de poses ou de mes recommandations de mimiques. Peut-être même, le véritable destinataire de mes mises au clair, au point, à mal ou en place. Et ne pas la porter à mes yeux, donc ne pas m'en servir, c'était prouver au monde entier que je ne filmais point. Un monde réduit à bien peu de choses, comme nous sommes. Ne filmant pas, j'étais un pur, un doux rêveur, quelque enseignant en vacances. Inattaquable, je ne prêtais pas le flan à la critique, aux foudres des envieux, et ne me mêlais point aux outrages de la provocation.

Marqué par la paralysie crispée de Lola, je lui enjoignais d'adopter sur son lit de misère, la posture constipée du christ en croix, qui se réduisit en fait à la seule révulsion des yeux. C'était naïf de ma part, immotivé, un lancé de dé en somme, une démangeaison plutôt. Je reformulais cet automatisme plusieurs fois à Lola, sans but précis, à croire que j' en faisais tout un plat. Lola me regardait, à la fois concentrée sur ce que je lui disais, et ne donnant pas suite, en la tenant pour nulle, et affichant à l'opposé un mutisme absolu, sans traduire toutefois par là une quelconque réprobation, des réserves, une retenue, une colle, une simple pudeur. Dans mon indifférence neutre et indolente, je ne songeais même point à ce qu'il y eût pu y avoir un rapprochement à faire avec la croix de David, que je percevais très bien encore maintenant tandis que je lui demandais une fois n'est pas coutume dans un jargon abscons : " Essaie de donner à tes yeux la forme révulsée, comme le christ en croix tu vois ! " Pourquoi le lui demander puisque je n'étais pas sensé la prendre. Pour la beauté du direct live : peu de chances ! Ce ne pouvait être que parce que je la prenais en faite. Mais voilà de la main à la main, on ne voit pas les dessous de table ; même à les deviner, on ne pouvait s'en prévaloir.

Disposant pourtant encore de réserves en énergie et en plaques impressionnables, quelles fussent rétiniennes, magnétiques, ou cardiaques, je lui eusse signifié, sans en être le moins du monde traversé, l'idée que l'heure était venue de se quitter ; plutôt : que je prenne congé, ou que je lui souhaitais bonne chance avec sa balançoire ce qui revenait au même, tandis que je la voyais, rétablie enfin sur le sol ferme, suspendre son vol, attendre la suite, espérer de moi que je lui parle d'un retour, imminent, dès d'ici quelques heures, ou le lendemain, ou tout au moins la semaine suivante, ou vraisemblablement l'année prochaine, et de toute façon, dans un autre monde, au-delà de notre vie hissée haut, peut-être trop, avec tous ces retards au démarrage, ces radiateurs percés, ces soupapes d'insécurité, ces belles coulées, ces arbres tordus. Si ce n'est la présence de ces deux-là, nous étions bien, nous étions vraiment bien tous les deux, eusse-t-elle semblé chercher à me faire comprendre à mesure que déjà je cherchais à m'acheminer tout benoîtement, sinon tout bonnement, ailleurs, out of the world, sans autre précision. Il m'eût paru avec une force hallucinatoire convaincante que sa pose engageante et son allure générale dégagée s'excusaient du peu, se plaignant du régime draconien auquel on avait été finalement obligé de se plier. Ma caméra à la longue m'en eût presque tombé des mains, et ce fut sans doute elle et elle seulement, en piquant du nez d'un quart de poil dans le creux de ma main, peut-être en glissant sur une ligne de Vénus qui transpirait, à moins qu'avec sa courroie et son tape-cul incessant, elle ait perdu l'inspiration et, lassée, sans se dérober à proprement parler, elle ait indiqué un terre-plein riverain, où quelque donzelle aux gros seins cherchait en même temps que du parc, à sortir des griffes d'un jeunot agressif, " il me saoule, je vais le fouler celui-là ! " sans stabilisation thymique prouvée, elle seulement qui me sommait comme à un somnambule réveillé en sursaut, de prendre un chemin de traverse. C'était que je n'étais plus bon à grand chose si ma caméra me lâchait ou si je n'en avais tout simplement pas. La vie perdait de son charme et de son sens. Elle était mon attention même. Et tout ce qui pouvait me tenir en haleine, me faire prospérer en exercice physique ou de style, m'exciter, en saisissant immanquablement l'occasion, en créant de toute pièce l'évènement, et en les démultipliant à l'infini, tenait à ma caméra, au fait simplement qu'elle était opérationnelle et que je m'en servisse, et que je pouvais revoir ce que j'avais vécu, ce que j'avais vu. Sans elle, j'étais nu. Avec cette nudité là, je me cachais du monde. Et le monde se dérobait sous moi.

Je me suis senti maintenu à l'épaule. Droite. Un homme, l'un des deux hommes, le maghrébin peut-être, tenait dans ses mains la caméra. En repassant le film, je ne suis pas plus avancé. Surtout cette question : pourquoi tenir ma caméra dans la main gauche ? Je ne peux pas apprécié nettement s'ils m'ont repéré depuis pas mal de temps, à l'occasion d'un braquage sur un présentoir quelconque de cartes postales. Et s'ils se sont mis dans l'idée, connaissant le loustic, et ses points faibles, de lui subtiliser au bon moment l'appareil. Ou si quelque chose a déraillé dans le scénario avec Lola. Ai-je sorti superfaitoirement un appareil photo, profitant de sa complaisance à mon endroit pour m'envoyer un gros plan sans me payer sa tête. Ai-je levé ostensiblement, ou porté à mes yeux, la caméra involontairement ? Toujours est-il que les deux hommes sont là. Malgré que je résiste un peu, rechigne, m'insurge qu'ils aient pu me saisir en position de faiblesse en prenant en otage la caméra, je fais le gros dos et laisse passer l'orage, le temps qu'ils me poussent hors du bosquet, pour me sortir au grand jour.

J'ai pensé : de nos jours décidément le moindre état de choc fait l'objet d'un soutien psychologique. Si minime soit-il. Pourtant, Lola n'a pas été farouche !

On a donc cherché à m'épargner. Normal : et Lola est tout à fait excusable, je lui pardonne. Il n'est bien sûr pas impossible que ce ne soit que partie remise, beaucoup plus tard, dans quelques années. Pour solde de tous comptes. Pour l'instant, j'ai tout mis dans le même sac. Par économie et pour faire vite. Mes oeufs dans un seul panier j'en conviens. Et pour tirer un trait. Pas définitif. Ce n'est jamais qu'une main courante, et je m'en remettrai.

URUNJA

Sanary, ville fleurie d'oranges noires, station touristique primée, me renvoyait l'odeur âcre de toutes ces salives mélangées. Je recueillais sur mes lèvres son baiser d'adieu. Oh bien sûr, le gîte m'était acquit cette nuit encore. Il n'y avait aucun danger que je panique. Pas de raison que je somatise. Cependant avec le jour, et toute cette journée chaude et ravigotante à la fois dans les criques ombragées du cap nègre, s'en était allé l'humour, et mes saines occupations visuelles. J'avais anticipé cette accalmie depuis mon arrivée aux avant-postes, vers Le Brusc, en tout début d'après-midi, convenant qu'il ne se passerait pas vingt quatre heures sans que je retourne à Toulon, sur les traces de son marché permanent et de son magnifique centre commercial, ses galeries marchandes et ses pucelles. Même Raimu devant son opéra comique en pissait d'aise. C'est que je ne voulais pas brusquer mon départ, ni m'épargner d'ailleurs le coût d'un baiser envolé. La ville, à chaque fois, m'ouvrait grand ses bras, et souvent , vers Le Portales, me tendait sa joue. Je reposais là, comme dans le giron d'une mère, bercé par les vagues du chenal qui se dérobaient sous moi, le long du quai réservé aux riverains, après le rond-point de la capitainerie, abrité par les strates concassées et penchantes d'un plissement millénaire.

La nuit était mal tombée. Habituellement son angle d'attaque était le large toute, plein est. Et le crépuscule empourpré s'enlisait dans l'arrière-pays. Cette fois, elle était insensible et brutale. Un pied dedans déjà, alors qu'on y était dehors. On y était si en plein, que les artisans s'étaient depuis pas mal de temps déjà employés à monter leurs stands. Mais, après un creux, qu'on respectait, une sorte de trêve dans la vague de tous les estivants qui s'en revenaient des plages de Six-Fours, tout affriolants et pelotables dans leur petit slip de rechange et leur parfum marine, on attendait encore le gros du paquet qui allait d'un instant à l'autre, chargé d'électricité, descendre des locations du rond flan de la colline, et s'empresser le chant du maldoror dans la tête et les marmots au bout des bras, du lacis de traverses et d'impasses qui quadrillait en équerre tout le périmètre. Ce grand écart, ils le faisaient tous les jours, se payant, jusqu'à minuit tapante, cette petite douceur, ce petit extra. Ils étaient propres sur eux, bien de leur personne.

Aujourd'hui cependant, le temps s'était gâté. Nul étalage de primeurs et d'agrumes n'a autant senti l'urine emportée. J'avais encore dans la bouche le goût suri de la Leffe prise au bar des Embiers, ou à celui du café du port. Les cocktails maison, qui alléchaient d'ordinaire les amateurs, se concoctaient à la hâte, sans professionnalisme, avant d'être apportés aux tables éparses et rares à la bonne franquette, surtaxés sans vergogne, condamnés à s'éterniser ou à ne pas se laisser aller faire voir la fine bouche devant une exécution sommaire ou une mort expéditive, subite. Sous la pluie, les stands s'étaient dissous ; les badauds même qui reluquaient assidûment toute la miroiterie et la bibeloterie menaçaient ruine, et s'accrochaient encore aux tables notablement chargées, fussent de palourdes, même les mieux en jean, et persistaient à y croire, en véritables héros de légende assurant sans déviance le meilleur de la relève, farouches sentinelles de garde à la citadelle grande protectrice, prônant des vacances à déguster ; tenant à leur ratio et songeant ne pas renoncer le moins du monde, et pour tout son or, à leur fringale d'achats futiles, même les plus en petite lingerie fine.

De quelques huit à dix ans les cadettes des urunja. Je restais malgré ce contre temps, tout bandé encore entre mes mains de cette énergie stockée, d'une qualité renouvelée, que j'attribuais à chaque fois à la protection acide et sacrée dont jouissait le clocher, ordonnant dans le chaos des étoiles la géométrie de ses guirlandes allumées. Cet excès cependant, pour une fois et par extraordinaire, je ne trouvais pas à l'employer. Pourtant il y avait encore, comme les autres années, des enfants de Tiepolo sur les profanes présentoirs, ou des pipes encensoir ouvragées à la manière inca, dont j'avais par habitude recherché quelque faveur, en guise d'avatar de celles de Cogolin. Jules II cherchait encore à connaître son maître Buonarroti, pour ses vrais faux dont il était si friand. La coupe était pleine. Et elles étaient bien bonnes. Elles eussent tombées toutes rôties dans ma besace de Littré. Prises au jeu du cerclage de mes hanches, et de mes collerettes au cou.

Je ne savais si de Gavroche ou de Cosette j'avais le look, le nez collé aux arabesques en fer forgé, comme devant un théâtre de guignol emporté par une tempête. Je n'étais pourtant pas mécontent que Guignol et les hystériques cris engendrés qui me revenaient à l'esprit, s'en fût allé avec l'orage. La chaleur des nuits d'été faisait éclore en même temps que des groupes mercenaires, toute une flopée d'animations musicales improvisées, qui se tenaient. Autant dire la main même. Une chaîne d'amour ; dont seuls les sons différenciés in extremis, à la marge, et sur le fil, dès lors qu'on quittait un endroit pour un autre, un groupe pour un autre, distanciaient les maillons qui pouvaient ainsi s'annoncer manquants. Mais en ce début de soirée dont les intempéries saccageaient la vertu, le théâtre était pimpant neuf, et semblait avoir été reconstruit, pour surtout ne pas laisser s'éterniser le provisoire, et le risque encouru que ne se réveillent les libertés publiques, querelleuses et trop opportunistes au goût des grands coquins qui s'en dédient.

Sa voix m'avait attiré comme une mère qui appelle. Longtemps je m'étais faufilé comme un somnambule, sans but précis, entre les quelques gros culs et leur opération escargot, avec dans la tête et les oreilles l'oratorio des Urunja. Et plus je m'éloignais, plus je mettais en réserve de ma république à moi, la craquante Julia et la sage Aurélie. Ce n'était que partie remise : elles n'allaient point s'envoler. Pour une fois, fixées par une obligation de spectacle, des belles filles en chair et en os rivalisaient en éternité avec l'image son enregistrés. Une éternité de bien peu, certes. A peine une demi-heure disons. Une heure peut-être. Mais la chanson énigmatique me poursuivrait une éternité sans doute, mieux qu'une empreinte d'A.D.N., une trace tri-chromosomique, un coup de dé aux chiffres tronqués. Et assortie de la si bien dite chanson, l'image son d'une bande à part, et de surcroît la sotie adjuvante rédigée à la commande, je me représentais l'amour même.

Et j'imaginais Christ, asphyxié par son corps sans attache. La municipalité avait construit un kiosque, à l'identique des kiosque parisiens. Les autres années, rien en dur, dans la logistique. A l'instar des paillotes, scènes, estrades, ou autres podiums surgissaient et disparaissaient, laissant comme seule trace la qualité et la mémoire qu'ils avaient vu traverser le temps d'un soir. Et Sanary, y était passée maître en ces arts de rue, uniquement liée au tout venant. La nostalgie des mélodies des Urunja passait mal la rampe des barreaux : il fallait fermer les yeux, ou, sinon à s'en éloigner si vite, comme je l'avais fait avant de revenir et revenir encore, ou tout au moins s'approcher à ce point précis d'un espace vide de la balustrade, qu'il eût mieux valu laisser faire une bonne fois pour toutes, le zoom de la camera.

Julia et Aurélie étaient depuis quelques temps déjà, apparemment, les seules restées en lice sur la place. Elles ne méritaient pas de n'avoir pour tout public que les quelques vacanciers empotés, qui semblaient faire le pied de grue ou amorcer sans sourcilier un mouvement de repli. Comme moi, pourtant, tout le monde était sous le charme, et je voyais dans le viseur de ma caméra Julia regarder en direction de ce que j'identifiais, en relevant le nez, comme deux de leurs amies ou complices de spectacle, assises en chien de fusil, ou la position du lotus, de l'autre côté de la balustrade, sur l'aire de jeu même, interdite aux rollers en tous genres, et par dessus l'épaule desquelles, en vertu du plus grand des hasards, je filmais. Je ne pouvais pas sérieusement me convaincre que le sourire ravageur et les yeux de braise que Julia leur envoyait, à ces femelles, en retour sans doute de signes d'encouragement ostensible et même de satisfecit entendu, que je ne pouvais bien sûr point voir, mais que je devinais par contre très bien, ne m'étaient pas en fait destinés, à moi personnellement, physiquement, et à la personnalité qui se trouvait derrière, d'autant plus que d'imperceptibles mouvements latéraux des yeux, comme un chat siamois au regard intense, allant d'elles à moi et de moi à elles, m'inclinèrent à penser que le charme opérait également à mon endroit, et que le potentiel explosif affectif que leur art irriguait déjà dans mes veines réchappées comme des pneus de rechange, avait son équivalent idéal dans l'imaginaire débridé d'une écoute impersonnelle généralisée venue de très loin dans l'espace : peut-être l'appel de la métropole ; et de très futur dans le temps : peut-être du destin déjà déroulé, de ces pauvres filles perdues dans leur kiosque, affublées de quelque barda électronique rudimentaire d'appoint, plus au cœur anonyme d'une véritable institution qui ne pouvait que les dépasser, que sur les croupes caressantes d'un corset vénitien, d'un carrousel de fortune ou d'un corso floral.

J'échouais là comme au terme d'un tourisme sexuel. J'aurais pu vaquer comme autour d'un aquarium. Et peut-être en apnée dans les fonds de la Baie d'along. Mais je ne voyais en guise de drapeau arc-en-ciel, plutôt que les espèces rares aux couleurs chatoyantes, une retirée bonne maman servie en marinade.

- Et ça vous a fait souffrir ? parvint à articuler Aurélie.

Pour quelqu'un qui émarge à l'ordre des actinoptérygiens, tomber sur l'anémone a le bouquet d'une hérésie en marche. Il était plus aisé sur la croix de mourir pour les chiens. A moins de souffrir pour une cause étrangère. Pour les millions de situations, de dégaines, de manières, qui courent dans le monde à un moment donné, dont on a conscience qu'elles existent, et qu'on ne peut étreindre, ni fixer sur écran. Toutes les jouissances neuves et novatrices restées ainsi en rade ! Mieux vaut troquer une vie de Messie pour la survie d'un pigeon malade, que de prétendre ne point broncher aux plaisirs qui se dérobent. Ce soir-là, contre toute attente, alors que l'univers s'était vidé de son paléozoïque à l'horizontale, il restait à revenir sur Julia avec sa voix époumonée de sirène et sur Aurélie à la Guitare. C'était suffisant. Même pas de mixage de basses, de techno bielo russe, de house, de bruitages quelconques. Une simple et surannée démultiplication électronique des cordes instrumentales et un a capela en solo qui me renvoyait des mots de pardon et de regrets comme en un aparté sur oreiller plus que sur canapé.

Je revenais inlassablement, avec la caméra, d'abord en prise unique et linéaire, puis en y repassant, effaçant fatalement des bonnes parties, des moments d'émotion ; avec les simples yeux enfin comme en matériel d'appoint, devant une double évidence : la fin de la bande magnétique et un amer et brutal retour sur terre ; sur le corps longiligne de Julia, sur une flexion particulière des jambes à l'articulation du genou, et surtout un imperceptible fléchissement du bassin, parti à tanguer, un peu plus déséquilibré sur sa droite ; se faisant tout un monde, et nourrissant tout un mythe, affichant complet, ameutant le ban et l'arrière-ban, de cet espace galactique entre sa blouse noire et son pantalon noir moulant son cul, bien gros pour une fausse maigre, et ses longues jambes de vraie starlette, où trônait souriant comme un bouddha pur sucre, son apostolique nombril.

Sur des milliards de milliards de poses, de manières, d'écarts potentiels depuis, non pas que le monde est monde, mais que l'image en mouvement est reproduite électroniquement, il en restait pour moi deux, égarées ici sous un dôme hors de proportion par rapport à leur gracile silhouette, l'une debout comme tenant à l'extrême pointe de la respiration haletante de sa jeune et fraîche poitrine les foules en haleine, en mouvement dans la houla de leurs bras levés, en délire ; l'autre assise et le corps un peu rejeté en avant, le profil buonapartiste, les yeux enlisés vers son giron porteur, comme Tadzio revu par le penseur de Rodin. Sur des milliards de billions d'oranges, de Valence aux orangers de Chine, il s'en trouvait ici deux plus amères, qui en quelques passes de brûlants coups d'œil sur le tapis noir de la nuit triste et froide, avaient trouvé le chemin de mon cœur endeuillé, de mon esprit toujours crypté à force de solitudes inavouées, de mon âme endolorie par les cinglants retours des abjections qui n'ont point mûris et des crimes larvés d'exclusion et de lynchage. Mes deux petites oranges noires, je les pelais déjà, m'en rinçais l'œil plutôt que m'en lavais les mains, les mangeais des yeux, sans en avoir le ventre plus gros, les dégustais enfin par le trou de l'objectif.

Je ne connaissais pas d'autre salut que celui-ci : mes petites oranges restaient tout ce qu'il y a de plus beau : le miracle de la contraction anale avait eu lieu, tout était dépeuplé. Et quand elles me virent partir, ce qui était arrivé au moins deux fois, fuyant le troupeau qui se concentrait, broutant à sa manière, un regard leur manquait, leur faisant défaut, qui les valorisait finalement, remettant le compteur de leur évaluation à zéro. Flattées une première fois, elles étaient franchement interpellées la deuxième. Je n'étais pas mécontent non plus qu'avec elles, mon compteur aussi affichait un zéro pointé. L'abstinence, la rétention, la continence avaient irrigué mon sang de quelques heures trop enrichi d'images folles. Je me sentais investi de leur rêve d'avenir, tel un mécène fréquentable. Je leur ouvrais en même temps que mes bras, mes cuisses généreuses, toutes enluminées.

Il leur semblait avoir manqué un épisode, raté une marche, passé à côté de la plaque. Un signe était surgi qu'elles n'avaient point intégré. Le seul message qu'elles laissèrent sur répondeur était une petite complainte de leur composition, où elles relataient cette soirée, la ville d'accueil, Sanary elle-même, leur plaisir à faire plaisir, autant d'ingrédients classiques, sur le mode nostalgique de leurs oratorios, qui émargeaient en nombre sur leur carton ; par le truchement de laquelle, telles les harangues publiques de cloches quand ils font la manche, avec toutefois venant d'elles, une volonté d'humour, quoiqu'un peu lourdingue, elles lançaient un appel à la charité publique, sa reconnaissance, voire sa contribution sociale, étayant leur démonstration musicale de considérations artistiques. A moi d'en envisager un retour payant au passage. Cette fois-là, signalant une pause d'une demi-heure, ou d'un quart d'heure, elles déclenchèrent un mouvement de dispersion, moins des fidèles attroupés, que de moi seul, privé du seul biscuit qui eût pu être trempé dans leurs veines : ma bande sonore à moi ; contribuant peut-être involontairement, à leurs regrets éternels, qu'en bon entendeur, je n'avais pas suffisamment pris de mon temps et de mon travail d'analyse, à saluer.

De la mélodie, j'en avais fait mon chou gras. Elle m'avait imprégnée, et ne devait plus me sortir de la tête avant longtemps. Elle m'emplissait de mélancolie en même temps que d'espérance insensée. Elle était un appel à retrouvailles, à rendez-vous, en même temps qu'à séparation et adieu. Le manquement, comme le train, s'était fait de peu. Et comme seule compagne subsistait un soleil couchant sur une rive en mouvement. Etait-elle poitrinaire, aidsienne, ou simplement enceinte, mais que par un effet de fusion maternelle, elle devait renoncer en même temps qu'à l'homme, au fruit de ses entrailles. Elle, c'est-à-dire Julia surtout. Son visage tenait de la sainte illuminée. Ses grands yeux, qu'on devinait bleus, et qui étaient hors de soi quand elle chantait, avaient l'aménité de la douceur souriante. Levés vers la foule, ils bénéficiaient d'un auditoire facilement conquis ; et ses petites mains insistantes mais pudiques, un peu comme celles d'Edith Piaf, lui tombaient souvent le long du corps, la laissant offerte et exposée, soumise à la diction mystique, quand elles ne se caressaient pas franchement l'embellie naissante et voluptueuse des hanches.

Je revenais tel un automate vers le kiosque, non pas que je n'avais rien de mieux à faire, ou en désespoir de cause. J'estimais bien sûr qu'à plonger à demi, et revenir à la surface sur le calvaire de toutes les occasions manquées, celles du moment et du lieu seuls bien évidemment car j'étais réaliste et ne décompensait point ; et puisque aucune éthique révélée ne rendait envisageable que nous nous coupions en quatre, ou plus : que nous nous éclations ; il valait mieux plonger complètement. Mille francs de découvert, dit un adage au goût du jour, est un sacré problème. S'il s'agit de dix millions, c'est votre banque qui a un sacré problème. Sans espoir de remonter à la surface, les secours ne tardent pas, les femmes aussi. Non : je me situais à un au-delà de l'apnée, sur un courant qui mènent aux sirènes. Il n'y avait plus de sacré à ce moment pour moi, que ce chant, que ma mélancolie, que Julia. Et les Urunja constituaient mon seul être. Ma seule image. Cette fois, c'était moi qui revenait. A maintes occasions en effet, je savais d'instinct qu'il y avait eu un signe, une ouverture, une exclusivité, une pré-destinée, quand c'était mes chères images qui me revenaient d'elles-mêmes, comme dans le jeu d'un ressac, le retour de vagues, le revers de médaille, affirmant contre toute attente qu'elles étaient donc bien essentielles dans le contexte, dans le champ de balayage urbain ou panoramique de la caméra ; qu'en même temps qu'elles étaient là pour ça, elles étaient là pour moi ; elles revenaient donc à un autre moment, oh très vite, parfois sans que je m'y attente, et agréablement surpris et excité comme un beau diable ; elle se hissaient sans l'ombre d'un doute, au rang major de promotion, à pole position dans l'ensemble du circuit, de leur évidente et convulsive beauté. Intrinsèque. Et c'était si vrai, que se présentant à l'écran dans l' interlude, par l'enchaînement que permettait leur retour pour un peu éternel, elles étaient ipso facto pris en chasse par la caméra suivant un itinéraire qui coulait, de la source même à une histoire projetée, constructive et porteuse.

Ne s'agissant cette fois point d'elles, elles n'impliquaient donc que moi. Je devenais image pour elles, me laissant m'approprier à leur guise, dans leur imaginaire. J'étais investi du sacré même que je leur prêtais avec mes investigations de voyeur. Elles se mettaient à me lire, comme je les avais écrites. Me possédant ainsi moi-même, j'étais possédé. La domination ouvrait en moi le chemin de leur sexe. J'étais maintenant suspendu, pétri dans le moule même du corps de Julia parcouru d'une danse incontinente, retenue jusque dans les gènes universels de toutes les stars du show business, toutes les meufs des discothèques, toutes les habituées du pousse au crime. Et cette vibration m'était intime. Par elle, j'allais rejoindre Julia dans son corps même. Je sentais jusque son haleine. Qu'elle fût légèrement fétide, par intense édulcoration de celle intenable du chacal, me faisait entrer même dans une étrange volupté, comme en confesse, dans un dessous de soutane. Sa voix, et son air d'en dire le moins, insufflé à contre-temps, et comme à contre courant, contenait sans trop y croire, les limites de l'embolie. La maladresse se disputait à l'impudeur. Et elle se rattrapait en s'activant, soutenue par toute la logistique de son corps secrètement en feu.

Orange, Orange, comment ne pas être fasciste ? Le fascisme était une susceptibilité, et pour celui qui s'en défendait, elle se déclinait en vertu et en authenticité. Dans un univers où l'encadrement était un angle d'attaque, beaucoup plus qu'une pierre angulaire, l'armée des subordonnés, était partagée entre les obéissants/désobéissants, les polis/impolis, les efficaces/inefficaces. Ce qui faisait rendre son tablier au facho, c'était l'impolitesse. Il savait que l'impoli n'était jugulé que par son alter ego impoli, car il s'en méfiait tout naturellement, en connaissance de cause ; mais face à un chef poli, l'impoli s'en donnait à cœur joie, rien ne lui résistait. Le franc diable, hypocrite éconduit mais impulvérisable, tout à son élasticité de ver, n'avait de cesse que de braver du regard. Pourtant, comme l'extravagante sensuelle qui sommeille dans la vierge pudique, le regard n'était point fait pour être soutenu. Comme pour les animaux, le chat par exemple, un regard ne se supporte pas, c'est naturel. Il glissait, s'en allait tout de guingois, se disposait en épis, se plaçait en quinconces, roulait bille en tête, se coupait en quatre, rebondissait en ricochet, se mêlait de ce qui ne le regardait point, réagissait en cascade, s'amusait aux poupées russes, quand il n'en faisait pas une montagne, s'interrogeait aux effets en tiroirs, quand il ne devait pas passer à la caisse, ou au crachoir, se soulageait au bassinet, se faisait fier au contact du pistolet, s'allongeait de préférence tête bêche, plaçait une réponse idoine, aux sourires garçonniers, ou aux gainages de l'entregent filles. Bref il savait pactiser aux clignements, répondre aux œillades. Dans l'ovale parfait de son visage, sous son front étroit, lisse et luisant de rêveuse nonne, le regard de Julia s'était confondu en joie et bonheur de vivre, suggérant comme témoin à charge son corps délié au détournement flagrant de ses yeux. Elle était alors toute à sa chanson, à son contexte et sa petite musique dans la prairie.

Julia tenait de la sainte Rita, et d'une jeune fille de Renoir. Vers les années soixante dix, soixante quinze, dans les théâtres de plaisance, elle m'eût convaincu, au terme d'un prélude sur-vitaminé, pas encore craquant, et tout juste contradictoire à me faire monter nu sur scène. Ce qui avait du chien, du Mary à tout prix, et devenu unique en son genre, c'était la beauté des Urunja et le désir sacré de mon propre corps. L'Univers, alors, pouvait attendre. Le meilleur était obtenu. Par elles. En moi. Le message du Golgotha aurait effectivement pu être un néologisme pertinent : " Optimalistiquez-vous ". Pour parer au vertige inhérent aux sabliers, aux poupées égyptiennes, aux billes de méditation, aux casse-noisettes en tous genres, il fallait bien un coup de main et une main aux fesses. Exit le marché en main, rentre le tout venin.

Cette petite faiblesse, convulsive et redondante, mais en chute libre à l'ouverture et aux suspensions de séance, comme à la clôture, eût pour effet notable de m'engager, si tant est qu'une valeur à long terme était une valeur à court terme qui a mal tournée. Lait, vin, mayonnaise, les flux s'étaient répandus sans que j'eusse trop à en reprendre. Un macdo qui me clouait sur place, me laissant de glace. Comme la foule ingambe et fistulaire, je jouais les prolongations, et m'attablant sur la nappe commune, j'en suivis les tristes suppliques. J'écoutais Julia et Aurélie, mal à l'aise entre mes fuseaux, désorienté par leurs tropiques. Et de fil en aiguille, les mains sur les coutures du pantalon, je me laissais insensiblement glisser à attendre la suite.

La foule, même décalée par le jeu pervers d'un effet de miroir, constituait un pôle d'ivresse qui ne m'était pas tout à fait étranger. Cependant il y eût un prix à payer. Julia chercha alentour un répondant, et trouva dans mon manège scabreux, une close de dispersion. L'expédient passa inaperçu : il était autant dire minuit.

Les gens s'en allaient. Je leur emboîtais le pas, adoptant leur attitude, épousant leur mouvement de repli, comme un automate. Je me sentais comme du petit lait. Séché, éventé. Comme du linge en vrac mal aéré. Cà me retournait. Comme un rêve dont je ne revenais pas, qui n'en était qu'un d'éveil : les Urunja m'apparaissaient de la petite classe sociale, en boîte d'alu avec anneau de tirage.

Il eût suffi, je le savais, que je ne me mêlasse point à y croire aussi. L'art musical des Urunja n'était pas à ce point sublime, qu'il méritât l'adoration des mages. La mélodie eût pu n'interpeller en moi que l'errance d'un dernier soir de vacances. Sans contribuer à un déculottage en bonne et du forme devant le groupe social dominant. Je n'avais pas besoin d'un spectacle. Même classique.

J'eusse pu me retrouver stupide devant un bar, tout juste agacé d'avoir trop vite bu mon verre. Mais en repassant sur les coups de minuit par le kiosque hideux, je me serais retrouvé par hasard nez à nez avec les Urunja. Elles auraient été accroupies sur leur barda presque emballé. Je serais resté pendu aux barreaux de la rambarde, une jambe fléchie élégamment sur l'autre comme le berger de Montélimar, ou bien campé comme le jouvenceau nu du Danaé et Jupiter de Tiepolo, tout en jambes, peu en sexe, même d'enfant, beaucoup en bide, courts en bras mais très agiles et prompts à découvrir en repoussant la lingerie malmenée, le précieux embonpoint du derrière de Diana jailli du drapé empesé.

Nous eûmes pu échanger des considérations générales comme l'impression retenue, les intempéries bien peu valorisantes.

- Ça vous a plu ?
- Vous formez toutes les deux un groupe ?
- Oui bien sûr, et nous nous intitulons les Urunja.
- Ce qui veut dire… ?
- Orange, orange en espagnol.

Ça aurait pu faire ménonitte, quakers ou adventistes du septième jour : eh bien non !

- C'est pour faire plus dans le goût du jour, plus latino, vous voyez, me révéla Julia.
- Et il n'y a je suppose de musique que la guitare, fis-je à Aurélie.

J'eusse continué l'approche, d'une bonhomie bien pensante qui eût pu tromper mon inconséquente pédanterie.

- Vous êtes tributaire d'elle, pérorai-je à l'endroit de Julia, désignant Aurélie, vous lui demandez à chaque fois, soit la chanson qui doit immédiatement suivre, ou celle qu'elle se sent capable d'enchaîner, ou même souvent de reprendre, et pour le plaisir de tous j'en disconviens pas, mais pourquoi ?
- Je ne suis pas tout à fait au point, je dois apprendre par cœur des chansons entières.
- Votre voix a un timbre étonnant, comme si vous surmontiez un malaise, et c'est très excitant !
- Je vais faire des cours de chant, assura Julia.

Julia et Aurélie auraient donné toute l'apparence du plus grand empressement à mon endroit. Je les aurais guidées comme je pouvais sur le sentier de leur avenir, tablant qu'elles ne se départissent point de leur secret souhait de me voir sous le jour qu'elles espéraient, un beau jour, imminent, de notre aventure commune

- Vous êtes encore là demain ?
- Non, mercredi seulement. Puis les autres jours. Nous sommes là toujours. Tout le mois d'août, nous serons là.

J'eusse pu à la rigueur être à l'appel le lendemain. Je me promettais par exemple de retourner un peu à Toulon. Mais je n'étais plus un vacancier ordinaire. J'étais en partance. Je différais au mieux le moment où je devais rentrer. Je n'étais même pas de Sanary, ni en vacance à Sanary. Et surtout je n'en avais plus pour tout le mois d'août à rester, moi !

J'étais cette année un juillettiste. Les années précédentes un aoûtien. C'était une simple erreur de timing, peut-être d'aiguillages. Seul le casting avait mené large. Sinon bon train. Et ce brouillage dans le choix du mois et ses incidences insoupçonnées me faisaient l'effet, à l'identique et par comparaison, de ce qui aurait pu faire que j'en fusse venu à la ramener avec les Urunja. Comme le leur en imposer un dans le dos, par exemple. Toute proportion gardée bien évidemment. C'était lorsque je revenais sur mes pas, ou que je m'y reprenais en deux fois, dans l'ombre du côté sans tain d'un miroir, que de doux présages se dessinaient, de merveilleux visages se profilaient, des manières de filles m'interpellaient. Et j'eusse pu réussir ce coup là avec Julia et Aurélie. J'étais regonflé à bloc, plénipotentiaire. Investi du souffle sacré. Armé du désir d'aimer. Et cette force-là était suffisante comme la grâce.

FIN

Achevé d'imprimer par Corlet Numérique - 14110 Condé-sur-Noireau
N° d'Imprimeur : 5714 - Dépôt légal : juillet 2001 - Imprimé sur DemandStream
Imprimé en UE

FILLE DU VOYAGE

A LEUR MANIÈRE